Fan
ファン文庫

神様のごちそう

―新年の祝い膳―

著　石田 空

マイナビ出版

あらすじ

調理学校入学を控えた大衆食堂「夏目《なつめ》食堂」の娘・夏目梨花は、
旭《あさひ》商店街にある小さな寂れた神社で、
ひとりの男がお腹を空かせて倒れているのを見つける。
見過ごせずに持っていた手づくりのケーキをあげると、
突然「神様の料理番」に任命され、神隠しに遭ってしまう。
たどり着いたのは神様が住む「神域《しんいき》」と呼ばれる世界。
そこには、人々の信仰を失って弱り、お腹を空かせた美しい男神
「御先様」がいた――。
戸惑いながらも腹をくくり、神様の料理番として働くことを
決めた梨花。しかし神域には、醤油もなければ、砂糖もない。
もちろん電子レンジも冷蔵庫も炊飯器もない。
でも、助けてくれる愛らしい付喪神たちがいた。
梨花は「りん」と名乗り、持ち前のポジティブさで、
神域にない醤油や豆腐などをつくり出すことに成功。
付喪神の力を借り、どんどん料理のレパートリーを増やしていく。
そんなりんの頑張りにより、御先様は序々に力を取り戻しはじめた。
ちょっとわがままで不器用な御先様に
おいしいものを食べてほしいという一心で、りんは今日も奮闘中！

主な登場人物

りん（夏《なつ》目《め》梨《り》花《か》）

旭商店街にある「夏目食堂」の娘で、現在は神様「御先様」の料理番。いつも料理に前向きに取り組む。御先様への信仰を取り戻すべく、一度現世（元々いた人間の世界）に戻り、目的を果たしたあと、また神域へとやってきた。思い立ったらすぐ行動するパワフルさが取柄。

御《み》先《さき》様《さま》

旭商店街にある「豊岡神社」の神様。化身は八《や》咫《た》烏《がらす》。不幸な事件が偶然に重なり、人々の信仰を失っていたが、りんの働きにより信仰を取り戻した。白髪に白い着物を着ていて、白い羽がある。目の虹彩も白い。気分屋で怒ると雷のようなものを引き起こしてりんをビクビクさせるが、優しい一面もある。神様同士の交流が苦手。

氷《ひ》室《むろ》姐《ねえ》さん

神域にある氷室の管理人の女神様。御先様とは付き合いが長い。氷室姐さんの近くに食料を置いておくと冷凍保存、少し離して置いておけば冷蔵保存される。

花火（火の神）

りんが調理をする勝手場にいる付喪神。かまどに火を入れたり、調理の火加減を調整してくれる、りんの相棒。火の玉に目と口、マッチ棒のような手が付いている。

くーちゃん（腐り神）

酒蔵で働く付喪神。どろっとしたからだからは酸っぱさと甘さが混ざった強烈な匂いがする。からだの一部をちぎってものに混ぜると、そのものが発酵したり、腐ったりする。

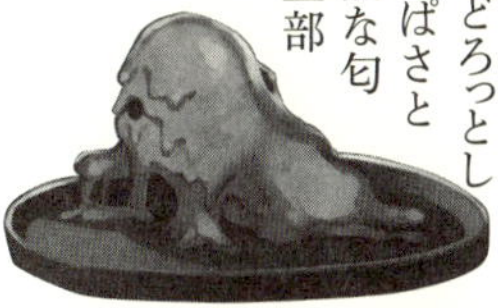

ころん（鍬神《くわがみ》）

畑を耕し、できた野菜を収穫する付喪神。りんが料理に使う野菜をいつも採ってきてくれる。見た目は小人のように小さいが、驚くほど力持ち。

海神様《わだつみさま》

御先様の神域の隣にある海の神域に住む女神様。わかめのようにしっとりとした黒髪で長い白い着物を着ている。肌には鱗のようなものが生えている。

こじか（古巣《ふるす》雲雀《ひばり》）

旭商店街にある「古巣酒造」の息子。現在は神域の杜氏《とうじ》。りんより以前に神隠しに遭った。りんの唯一の人間仲間。りんからは「兄ちゃん」と呼ばれている。

烏丸《からすま》

御先様の世話役。烏天狗でりんを神隠しした張本人。現世と神域を自由に行き来することができ、現世にある「豊岡神社」の掃除や管理などを行っている。御先様と外見がよく似ているが、修験服を着ていて髪や目、羽は黒色。空を飛ぶこともできる。りんのサポートから相談役までこなす、神域の中間管理職的な存在。

神様のごちそう

―新年の祝い膳―

序章

　ぴちゃん、ぴちゃんという音が耳に入ってきた。

　あれ、雨漏り……？　一瞬そう思ったけれど、違う。神域《しんいき》では雨は降らない。

　そもそもあたしは寝ていたはずなのに、目の前に広がる景色は、あたしが寝床にしている茅葺《かやぶき》屋根の小屋の中ではない。

　辺り一面に竹が生えていることに気付く。なんでこんな竹藪にいるんだろう。おまけに明るい。寝ていたんだから、今は夜のはずなのに、昼下がりみたいだ。

　思い返してみても、御先様《みさきさま》の神域にはこんな場所はないはずだ。

　あたしがきょろきょろと視線をさまよわせたところで、また、ぴちゃん。という音が響く。

　雨、ではない。ずっと聞こえる水の音は、もっと別のなにかだ。

「なに？」

　あたしが思わず声を出すと、今度は「ひっく……ひっく……」という舌っ足らずな甲高い声が聞こえてきた。

　子供？　ますますわからなくなって、あたしは辺りを歩きはじめる。

「ここどこ？　誰かいるの？」

　一歩進むと、かさりと音が響く。地面には枯れ草が積もっている。それを踏みながらしばらく歩くと、ようやく声の正体を見つけた。

小さな子供だ。髪をふたつの輪っかにして結い、平安風の服……ええっと半尻《はんじり》って名前だったか……を着ている。その子は袖で顔を覆っていた。

その子が「ひっく……ひっく……」と声を上げるたびに、ぴちゃんぴちゃんぴちゃんと水音が続く。涙を零《こぼ》すというには、あまりにも大袈裟な音だった。

でも……この子誰だろう？　何故かこの子を人間だとは思えなかった。放っている雰囲気が明らかにあたしや兄ちゃんとは違う。付喪神《つくもがみ》にしては、やけに神々《こうごう》しい。でも御先様や海神様《わだつみさま》と同類にしては、神様らしい印象が弱い気がする。

「あの……あなた誰？」

あたしは思わず声をかける。すると、袖で顔を覆っていた子供が、こちらのほうを涙目で見てきた。黒目がちな大きな目だ。

「さ……」

「さ？」

「さーびーしーいーよーぉぉぉぉぉぉ……!!」

その子は、あたしの質問に答えることなく、大声でそう言うと、鼓膜が割れんばかりの大声を上げて、わんわんと泣き出してしまった。

あたしは必死で耳を押さえて、なんとか子供にかける言葉を探すけれど、だんだんと意識が霞んでくる。

それで、これがようやく夢だと気が付いた。

＊＊＊＊

目が覚めたとき、いつもの高い天井が目に入ってきた。竹藪の中ではない。あたしは起き上がって、小屋の中の寒さにぶるりと身を震わせつつ、さっきまでの夢について考える。あの子誰だろう？　記憶を探ってみても、半尻の子供に覚えなんてない。なにかの暗示なのかもしれないけれど、生憎《あいにく》あたしは夢占いについてはさっぱりだ。

そういえば。神域に来てから、夢なんて見たことがない。夢見る暇もないくらいにくたくたに疲れていたから、そんなこと考えたこともなかった。

ぶるぶる震えながら、身支度を整える。寒い。既に暦の上では十二月のはずだ。ここにはカレンダーなんてないから、自分の手帳に日記を書いて確認しているだけだから正しいかどうかはわからないけど。

小屋を出て、井戸で顔を洗ってから、いつものように氷室に出かけて魚を取ってきて、勝手場に入る。勝手場のかまどの中では、火の玉が丸まって眠っている。火《ひ》の神《かみ》の花火《はなび》だ。この神域全体の火の面倒はこの子が見ているらしい。あたしもここに来てから、ずっと頼りにしている。

あたしは花火に声をかけた。

「花火ぃー、そろそろ朝餉《あさげ》の用意をするから、起きてぇー」

「……んあー、りん？　もうあさかい？」

「そうだよ、おはよう」

花火がマッチ棒みたいな手でごしごしと目を擦っているのを横目に、あたしは持ってきた食材を調理台に置いて、料理をはじめる。

ここは御先様という神様の住む世界、神域。御先様はあたしが元々いた世界、現世《げんせ》にある豊岡神社《とよおかじんじゃ》の主神だ。あたしは料理番として、御先様に朝と夕、二回食事を出す役目を担当している。

……なんて言っているけれど、実際はたまたま家の近所の豊岡神社に入ったところを誘拐……神隠しされてここに来てしまい、なし崩し的にその役割についてしまっただけだ。

料理をつくれって簡単に言ってくれるけれど、ここにはレンジもないし、冷蔵庫もない。インスタント調味料もないから、毎度毎度出汁《だし》を取るところからはじまる料理づくりは大変だったりする。

でもこの神域に住んでいる付喪神が、賄《まかな》いを用意するのと引き換えに助けてくれている。花火もそのひとりでガスコンロ以上に火を管理してくれるし、畑の世話をしている鍬《くわ》神《がみ》たちは力持ちで重たいものを運ぶのを手伝ってくれている。普段は酒蔵にいる腐《くさ》り神《がみ》のくーちゃんは、足りない調味料……醤油とか味噌とか……をつくるときの発酵の手伝いをしてくれている。この子たちがいなかったら、ここで料理なんて全然つくれないもんなあ。

そうしみじみ思いながら、あたしはかまどにご飯の釜を仕掛ける。

「花火ぃー、そろそろご飯炊いてぇー」

今日も一日がはじまる。

＊＊＊＊

できた料理を膳に載せて、広間にいる御先様に運んでいく。

「うう……寒ぃ寒ぃ寒ぃ……」

廊下を吹き抜けていく風に、あたしはブルブルと震える。最近割烹着を綿入れのものに取り換えたけれど、寒いものは寒い。大きく開けた廊下は、今日もぴかぴかに磨き抜かれていて、そのつるつるぴかぴかしているのが余計に寒々しく思える。

ご飯、かますの煮つけ、茄子の味噌焼き、大根の酒粕漬け、根菜の味噌汁。

あたしがブルブル震えながらそれらを載せた膳を運んでいると、酒蔵のほうから兄ちゃんがやってきた。

兄ちゃんはあたしより前にここに神隠しされてきた。同じ商店街に住んでいた造り酒屋の跡取りで、この神域では杜氏《とうじ》として酒蔵でお酒をつくっては、それをお神酒《みき》として御先様に献上している。本名は古巣《ふるす》雲雀《ひばり》っていうんだけれど、神域では本名は伏せないといけないらしい。だからここでは「こじか」って名乗っている。

ちなみにあたしはここでは「りん」って呼ばれているけれど、本名は夏目梨花《なつめりか》。神域にはこういう細かいルールやしきたりってものがごろごろしているから面倒くさい。

「兄ちゃん、おはよう」

「はよー」

廊下に上がってきた兄ちゃんの返事は素っ気ない。心ここにあらずって感じ。

「なあに？　兄ちゃんも夢見が悪かったの？」

「なんだそれ？　俺ここに来てから夢なんて見たことねえよ」

「あー、やっぱり神域だと夢なんて見ないんだねえ。あたしも、今日ここに来てはじめて夢を見たんだよ……子供にわんわん泣かれる夢。なんだろねえ？」

「はあ……？　ぜんっぜんわかんねえよ」

兄ちゃんに流されてしまって、あたしは「んん？」と首を捻った。いつもはなんでもかんでもいちいちオーバーリアクションなのに、なんでこんなに素っ気ないんだろ。同じ商店街に住んでたよしみで、付き合いは結構長いのだ。

「なんか悩み事？」

「別にそんなんじゃないって。そういえば、お前今年はどうするんだ？」

あ、この人、いきなり話を変えてきたぞ。って、なにを聞きたいんだ？

「今年はどうするって、なにが？」

「もうすぐ大晦日だけど、どうするのかって話。年越し蕎麦とか、おせち料理とか」

そう言われて、凍りつく。

……現世でだって、手伝いはしたことはあっても、つくったことなんかないぞ。あたしは思わず頭を抱えそうになる。

「どうしよう！　そもそも神域って正月やってるの!?　やってないの!?　あたしそんなこと全然知らないんですけど！」

「えー……今まで正月なんて、やったことなんてねえけど。御先様、寝込んでることも多かったから、正月なんてあってないようなもんだったからなあ。そもそも俺も正月がいつとか、はっきりとはわからんかったし」

そうだった。そもそもあたしが神隠しされたのも、不運な事故の連続で豊岡神社が放ったらかしにされて、御先様の力が落ちてしまっていたからだ。今でこそ現世と神域の季節は一緒だけれど、あたしがはじめて来た頃は御先様の力はかなり弱っていて、この神域の季節は滅茶苦茶になっていた。

現世の豊岡神社とこの神域はつながっていて、現世でお供えされたものがこちらの世界に届くことになっている。つまり、現世でお供えがないと御先様は食べるものがない。このままではもっと力が弱くなってしまう。だから、あたしや兄ちゃんは神隠しされて、直接料理やお酒をつくるハメになったのだ。

けれど、ここ一、二年で豊岡神社の信仰も戻ってきた。現世の神社が忙しければ、神域も忙しくなる。もしかしたら今年の正月は忙しくなるかもなぁ。それにあたしひとりでできるのか……？

　おせち料理と聞いてパッと思いつくのは、黒豆だったり、数の子だったりするけれど、どれもこれも、一日でつくれるものじゃない。しかもつくり方や材料が違うから、取った出汁やつくった調味料を他の料理に活用するという、毎日の朝餉や夕餉《ゆうげ》でしている手間の省き方ができない。

　どうすればいいんだろうなあ……。

　あたしがひとりで考え込んでしまったのを見て、兄ちゃんは軽く笑った。

「まあ頑張れ」

「言い出しっぺは兄ちゃんじゃん！　まあ、頑張りますよーっだ」

　あれ、兄ちゃんがなあんか素っ気ない理由を、はぐらかされてしまったなあ。

　そうこうしているうちに、広間に通じる襖が見えてきた。

　今日も朝から御殿の掃除をしている小人のような付喪神たちを横目に、あたしと兄ちゃんは広間の襖の前で正座をする。

「御先様、朝餉をお持ちしました」

　ひと声かけると、しばらくの沈黙の後「入れ」という声が返ってきた。あたしたちは「失礼します」と声をかけてから、襖を開ける。すると空気がぬるいことに気付いて、「あれ？」とあたしは広間の中を見る。

　体育館くらいの大きさの広間の床には、毛羽立ちひとつない青々とした匂いの畳が敷かれ、金色の屛風《びょうぶ》。

その前で御先様は、いつものように脇息《きょうそく》にもたれかかって座っていた。狩衣《かりぎぬ》を着て、目も髪もまっ白な、ぞっとするほど容姿の整った人。人間ではないというのは、背中のまっ白な羽を見ればわかる。この人がこの神域を治めている神様の、御先様だ。

広間の隅には、御殿の世話をしている付喪神が用意したのか、火鉢があり、その中で炭が赤々と燃えていた。なるほど、これでこの部屋は寒くないんだ。

あたしは膳を御先様の前に置き、兄ちゃんは持ってきた銚子《ちょうし》を御先様のお猪口《ちょこ》に傾ける。御先様がかますに箸を入れて、ひと口サイズに切ったものを口に運んで咀嚼しはじめる。味噌汁をすすり、酒粕漬けを口にし、ご飯を含んだところで、あたしはさっき兄ちゃんと話したことを口にしてみる。

「あのう……」

綺麗な箸使いで膳の上のものを次々食べていた御先様が手を止める。

「なんだ」

「はい。正月の準備って、やってもいいんでしょうか？　神域の年越しって、いまいちよくわからなくって……」

「ふむ」

御先様が箸を置いたので、あたしは思わず背筋が伸びた。

この人は機嫌を損ねると本物の雷を落としたりする。もしかして地雷を踏んだんだろうか。兄ちゃんは呆れたように半眼でこちらを見てくる。あたしは背筋が冷たくなるのを感じながら、御先様を凝視するしかなかった。

でも。

「かまわぬ」

「はい？」

思わずあたしは目をぱちくりさせて聞き返す。すると、御先様はいつもの表情の乏《とぼ》しい顔でさらに言葉を返す。

「申したが。かまわぬ、と」

「ってことは、準備をはじめてもいいんでしょうか？」

「二度も聞くでない」

お、思っているより機嫌がいい……！　あたしは「ありがとうございます！」と大きく頭を下げた。

＊＊＊＊

「う……寒い……」

日が昇る前に起きると、布団をしっかりと被っているにもかかわらず、ガチガチと歯が鳴っていつにも増して寒いことに気付く。

布団に入ったまま枕元に置いてある服に着替える。気合いを入れて布団から出ると、身支度を整えて小屋を出る。戸を開くと、外の光景に目を奪われた。

白銀の世界。

畑は粉砂糖をまぶしたように雪で覆われ、光り輝いている。空を見上げると花のような結晶が舞っているように見えて、本当に綺麗。

空がほぼ年中霞《かすみ》がかったこの神域が、まさか四方八方白に覆われる季節が来るなんて、思いもしなかった。

まだ誰も踏みつけていない積もった雪に、あたしはそっと足を踏み入れる。雪は柔らかく、難なく足跡がついた。

「雪だ！」

子供みたいに声が出る。

うちの地元でも、雪が積もることなんて滅多にない。

寒いのは好きじゃないけれど、これだけ雪が積もるとテンションが上がる。

あたしがはしゃいでいると、畑で作業をしていた鍬神《くわがみ》たちはきょとんとしてこちらを見てくる。鍬神たちの今日の作業は雪の処理のようで、畑に藁をかけたり、雪をかいてきちんと道をつくったりしているようだ。

さくさくと足跡をつくっていくのが楽しくて、あたしはいつもよりも回り道をしてから、勝手場に向かった。

あたしがさんざん雪と戯《たわむ》れてから勝手場に辿り着いたら、花火もまたきょとんとした顔をしてこちらを見てきた。

「どうしたんだい、りん。そんなにおもしろいことあったのか？」

「雪！」

花火はますますきょとんとした顔をしている。

「あたし、神域ではじめて冬を過ごすから！　こんなに雪降るんだー」

でも……と少しだけ冷静になる。

「ご飯どうしよう。最近寒かったから、温かいものをつくろうとは決めていたけれど、今日は御先様のところに運ぶまでに料理が冷めちゃいそうだよねえ」

鼻が痛い。きっと寒いせいで鼻も頬も赤くなってしまっているだろう。

あたしがひとまずかまどに薪《まき》をくべて、花火に火をつけてもらいながら、かじかんだ手を温めようとしているところに、ひょっこりと烏丸《からすま》さんがやってきた。

烏丸さんはこの神域を管理している人で、御先様や付喪神たち、あたしたち人間の要望を聞いたりしてくれる中間管理職みたいな存在だ。ちなみにあたしや兄ちゃんをさらってきたのも、この人だったりする。

修験服《しゅげんふく》を着て、背には黒い大きな羽がある。烏天狗《からすてんぐ》らしいけれど、詳しいことは知らない。

「おはよう、大丈夫か。りんははじめてだろ、ここでの冬は」

「あ、烏丸さん。おはようございます。すっごく寒いです！　なにかあったかいものの用意しないと凍えちゃいそうですよねえー」

「そうだなあ、今日みたいな日は、熱燗でも飲んで雪見酒をしたいもんだ」

「またお酒ですか」

　この人、放っておくとすぐお酒の話になるなあと、あたしは呆れた目で見るけれど、烏丸さんはどこ吹く風だ。ふと、昨日御先様とした話を思い出して口にする。

「あーそうだ。お正月の用意どうしましょう。御先様にも伺ったら好きにしていいと言われたんですけど、いちから準備したことは全然ないんです」

　あとで現世で通っていた調理学校の教本を読んで確認しないと、なにをどうすればいいのかなんてぱっとは出てこない。こんなとき教本を持ってきておいてよかったと思う。

　あたしがひとりで考えていると、烏丸さんは笑う。

「まっ、それはおいおいやっていけばいいさ」

「そりゃそうかもしれないですけど。師走《しわす》は師も走るほど忙しいって言うじゃないですか。あっという間に年越しになっちゃいますよ」

　今までも充分寒かったけれど、年末が近付いているんだったらより一層寒さも厳しくなるし、なによりも普段の料理にプラスして、おせち料理の準備だってしないといけないから大変だ。

　あたしはそう思いながらも、まずは朝餉の準備をはじめる。

　花火はあたしと烏丸さんのやり取りを最初から最後まで聞いていたけれど、なにが大変なのかわかってなさそうだった。この子にしてみれば、料理のために火を熾《おこ》すのはいつものことだから、そこまで重要なことでもないのかな。

＊＊＊＊

雪が降りはじめて数日経った。

「烏丸さん本当にごめんなさい。さすがにあたし、屋根登ったりできないんで」

あたしは屋根の上にいる烏丸さんに向かってそう声をかけた。

「いやいや。でも定期的に雪下ろししないと、雪の重さで小屋が潰れるからなあ」

「そ、そんなに雪って怖いもんなんですか!?」

烏丸さんが茅葺屋根の上まで飛んでくれて、雪をばっさばっさと落としていく。あたしは小屋のまわりの雪かき。雪かきなんてしたことがないけれど、定期的に雪をどかさないと、小屋に閉じ込められるということがわかって、烏丸さんに指導してもらいながら、こうして雪かきをしている。

雪は一カ所に山のように積んでいく。この積んだ雪、どうすればいいんだろうと思っていたのだけどさっさと氷室姐《ひむろねえ》さんが鍬神たちを指揮して回収していった。

氷室姐さんはこの神域の氷室の管理をしている女神様だ。暑いのが苦手であまり氷室から出てくることはないんだけれど、これだけ寒いと外に出ても問題ないらしい。氷室姐さんは花魁《おいらん》のような着物姿で、肩だってはだけているのにちっとも寒がる素振りを見せず、むしろ心地よさそうだ。鍬神たちは氷室姐さんの言葉を聞きながら、そりに雪を載せてせっせと運んでいく。

あたしはそれを見送りながら、氷室姐さんに聞いてみる。

「あれ、これどうするんですか？」

「夏はあたしも力が弱まるからねえ。冬の内に雪を集めておいて、氷室の温度を保ってるんだよ」

「なるほど……」

てっきり氷室姐さんの力だけで冷やしているのかと思っていたけど。こうやって冬の間に雪を集めていたのか。

そして雪かきと並行して行われているのが、大掃除だ。意外だなあと思ったのは、付喪神たちが一斉に行っていることだ。小人のような子たちが竹に笹をつけたはたきで柱のへりの本当に細かい部分の埃《ほこり》をはらい落とし、それを下で待ち構えている蛙のような子たちがぴょーんぴょーんと跳びながら拭き取っている。

けど……いつも御殿はピカピカだし、わざわざ大掃除をする必要なんてあるのかな。

あたしが首を捻っていたら、屋根の雪を落とし終えてくれた烏丸さんが地上に降りてきた。あたしの疑問に答えてくれる。

「そりゃ、年神《としがみ》が来るから、いつも以上に綺麗にしておかないといけないのさ」

「年神って……神様とはまた違うんですか？」

そういえば、死んだおばあちゃんも年末年始には年神様が来るから掃除をして迎えないといけない、って話をしていたような、していなかったような。あたしがわかっていない顔をすると、烏丸さんはかいつまんで教えてくれた。

「年神は豊穣《ほうじょう》神の子供なんだよ」

「豊穣神の子供って……お子さん？」

「そうだなあ……。豊穣神の種、と言ったほうが人間にはしっくり来るのかもしれないな。年神は修行して成長して社に祀《まつ》られれば豊穣神になる。その修行のために、年に一度、年末年始に各地に撒《ま》かれてご利益を授けるために働くんだ。人間もまた、ご利益を授かるため、豊穣を願って、煤払《すすはら》いをするという訳だな」

「なるほど……？」

あたしはそう答える。

年神様がやって来たら、その年一年、無病息災で生きられるという風におばあちゃんも言っていたような気がするけど、年神様のその後を考えたことなんてなかった。

まだピンと来てないあたしの反応に、烏丸さんは笑う。

「想像しづらいだろうな。まあ人間はよっぽど霊力のあるものじゃない限り、見えないからなあ。あちこちに神がいても案外気付かないもんだ」

「いやあ……付喪神だったら、神域に来てから花火とかころんとかに会って知っているんですけど、年神は正月前にしか聞かない名前だから、なかなかピンと来ないみたいで……実際に会ってみたら違うのかもしれませんが」

「ははは、いるとわかればいいだろう」

そんなもんなんだ。アバウトだなあとは思うけれど、神域で生活していると、そんなことをいちいち気にしていてもしょうがないから、そういうものなんだと思っておくことにしておく。

雪が降ってないときを見計らって、皆一斉に畳を干したり、障子の紙を貼り替えたりしているのを横目に、あたしも自分の小屋の掃除をすることにした。

とは言っても、高いところは梯子《はしご》がなければ掃除できないし、重い物を運んだり移動したりはひとりだとできない。烏丸さんは現世の豊岡神社の掃除もあるし、兄ちゃんも自分の住んでる小屋や酒蔵の掃除があるしなあ。

結局あたしは糠床から漬け込んでいる野菜を取り出して、それと引き換えにころんに手伝ってもらうことにした。鍬神のころんは普段畑仕事をしているけれど、雪が降ってからはもっぱら氷室に運ばれた物の整理をしているみたい。小人サイズだけれど力持ちで重い物も運んでくれるし、高いところにも楽々登れるから、あたしは安心してころんにお願いすることができた。

「ころんー。次は簞笥《たんす》持ってくれる？　ちょっとずらしてくれたら、その間に掃くから」

「わかった。まかないください」

「はいはい」

ころんは軽々掃除の障害物を運んだり持ち上げたりしてくれる。簞笥をどけてもらって、その後ろを箒で掃いているとき。簞笥の後ろから、パサリ、という音が聞こえたので、あたしはあれと思いながら音のほうを見る。

どうやら簞笥の使っていない引き出しにずっと挟まっていた物が、ころんが簞笥を動かしたところ、落ちてきたらしい。

落ちてきたそれは、一冊のノートだった。和綴りみたいな和風の手帳ではなく、あたしもよく知っている大学ノートだ。現世のものだろうか。でも時間が経っているみたいで、結構黄ばんでしまっている。

「あれ……誰のだろう」

ころんに、掃除を手伝ってもらったお礼に用意していた大根の糠漬けをあげてから、あたしはパラパラとノートを見る。

『今日の朝餉
ごまご飯
岩魚《いわな》と山菜の揚げ物
大根の梅干し和え
ふきのとうの味噌汁』

そのノートの主は、あたしより前の料理番らしい。

あたしも普段、手帳に日記の代わりにその日の献立を書いている。この人も同じことをしていたんだなあと思ってさらにめくってみる。

料理のこと以外にも、ときどき気になる書き込みがある。

『付喪神
火の神‥かまどに住んでいる。火の玉に手がついている。

鍬神‥畑の世話をしている。たくさんいる。小人みたい。笠に物を入れて運んでいる。

腐り神‥酒蔵に住んでいる。腐ったお餅みたいな姿をしている。物を腐らせたり発酵させている。

水の神‥水辺に住んでいる。くらげみたいな姿をしている。

神域
一年中霞がかっている。季節感が滅茶苦茶な花園。畑には野菜が毎日育っている。』

神域の様子がまとめられていて、ときどき鉛筆で簡単にスケッチした絵が入っている。

その絵は見覚えがあって、ピンと来た。

「『祭り囃子《ばやし》とヤタガラス』だ」

あたしがはじめてこの神域に来たとき、御先様の神格はとても低くなっていた。それもこれも宮司さんがいなくなり、現世の豊岡神社がずっと放置されていたからだった。

どうにかして豊岡神社に信仰を取り戻そうとして、あたしは一度現世に戻って祭りを開くことにした。その結果、信仰は徐々に戻り今ではお供え物もされている。

そのお祭り開催にひと役買ってくれたのが、自費出版の童話『祭り囃子とヤタガラス』だった。豊岡神社をモデルにしたこの童話が話題になったことで、聖地巡礼と称して、神社に訪れる人が増えるようになり、お祭りも開催できたという訳だ。

その作者は、結城《ゆうき》庵《いおり》さんっていう女の人で……あたしより大分前に神隠しされて、この神域で料理番を務めていた人だ。烏丸さんのことを好きだったらしいけれど、ひと悶着があったせいで、結果的に神域を離れることになったという。

まさか、彼女のノートを見つけることになるなんて。

あたしがこれをどうしようと考えていると、「りん、手伝うことはあるかい？」とたすき掛け姿の烏丸さんがひょいっと小屋に顔を出した。あちらこちらで手伝いをしてきたところらしく、汗の匂いがする。

「烏丸さん、現世の掃除もしてきたところでしょ。あたしよりも御殿の掃除を手伝ってきたほうがいいんじゃないですか？」

「いやいや。今年は現世の氏子《うじこ》がしっかり神社の掃除してくれているおかげで、俺はそこまで手間をかけずに済んでるよ。御殿のほうは付喪神たちが掃除しているしなあ。お前さんは勝手場の掃除もあるだろうし」

　そりゃそうか。勝手場は夕餉の準備もしているし、あたしが使い勝手がいいようにと鍋や道具の位置も移動しているから、勝手に変えられると困る。兄ちゃんも酒蔵を自分がやりやすいようにいろいろいじっているので、掃除でも触られると渋い顔するだろうから、小屋の掃除以外は手伝えない訳か。

　勝手に納得していると、烏丸さんがあたしの持っているノートに視線を落としていることに気が付いた。あたしは思わず「あー」と言う。

「掃除してたら、見つけたんですよ。今までの献立がまとめてあったんで、料理の参考にならないかなあと思って読んでいたんですけれど」

「これかあ……」

　烏丸さんはそのノートをじっと見る。その目をどこかで見たことあるなと思って少しだけ記憶を探ると、「あ」と思い至る。あたしが『祭り囃子とヤタガラス』を見つけてきて、烏丸さんに読ませたときと同じ表情だ。

　烏丸さんと庵さんは、いろいろあって一緒にはいられなかっただけで、別に互いが嫌で離れ離れになったのではない。

「あのぉ。やっぱりこれって庵さんのものだったり……します？」

　恐る恐る聞いてみると、烏丸さんは苦笑して頷いた。

「ああ。庵がその帳面を持ち歩いているのを見たことがある。〝しゅざい〟だと言っていたよ」

取材、かあ……。庵さんが、趣味と取材を兼ねての寺院巡りで豊岡神社に辿り着いた、と言っていたのを思い出した。

「え、ならなおのこと、あたしが持ってちゃ駄目なんじゃ」

うっかりだったとはいえ読んでしまったのが、気まずくって仕方がない。こっちは庵さんから聞いた烏丸さんへの想いも知っているから余計にだ。でも烏丸さんは軽く首を振る。

「いや、お前さんが持っていたほうがいいだろう、庵も」

「そんなこと、言われても……困ります」

あたしはノートを烏丸さんに差し出そうとしたけれど、烏丸さんはひらひらと手を振る。

「俺が持っていたほうが、きっと庵は困るだろうからなあ」

「……そんなもんですか？」

「お前さんが俺からどこまで聞いているかはわからないが、そんなもんだ。掃除、手伝うことがないんだったら、こじかのほうに行くぞ？」

烏丸さんはそう言い残して、小屋を出て行ってしまった。あ、逃げた。あたしは思わず地団駄を踏みそうになった。ころんと顔を見合わせる。

「たんす、はこぶ？」

「うーんとそうだねえ……ここ掃いちゃうから、あっちに持って行ってくれる？　このノートは……そうだなあ……」

彼女のノートをなかったことにしてしまうのはもったいなくて、悩んだ末に、あたしの手帳と一緒に、文机に立てかけておくことにした。

なんだか年越しを前にして、いろんなものがちらついているような気がする。兄ちゃんの様子がおかしい理由が気のせいだったのかは聞けずじまいだったし、庵さんのノートの扱いについても宙ぶらりんのままだし。でも、あたしはあたしでできることをしてしまわないと。

手帳を確認してみれば、大晦日まであと二週間。思っているよりも短い時間の中で、やらないといけないことが多過ぎる。

第一章

師走は師も走るほど忙しいとは言うけれど、それは本当のことだと思う。

慌ただしい大掃除が終わったと思ったら、次は朝餉と夕餉の合間におせち料理づくりが待っているんだから。

本来おせち料理は、正月の三が日は料理をせず休めるように、っていうところからはじまったはずなのに、今では年末の家事に負担をかけまくっているように思えてならない。

あたしは教本を読み返しながら、頭を抱えていた。

ひとまず、今の神域でも準備できそうなものから、ひとつひとつクリアしていくことにした。まずはころんに床下の貯蔵庫に保存してある黒豆をさやから全部取ってもらって、それを鉄鍋に入れ水に一日浸しておくことにする。

続いて夕餉に使う魚と一緒にごまめと数の子ももらえないだろうかと、兄ちゃんと一緒に海神様に頼みに出かけることにした。

畑で野菜は採れるけれど、昆布や鰹節などの出汁に使うもの、カレイや鰆《さわら》などの海魚を得る術はうちの神域にはない。だから兄ちゃんのつくったお酒と引き換えに、近所の神域を治めている海の女神、海神様にそれらをもらって確保しているのだ。神社にお供えされているものは手に入るけれど、お供えされないものは手に入らない。そういう神域ルールが存在している。

ついでに言ってしまえば、神社にご飯がお供えされていれば神域に料理番自体必要ないらしい。豊岡神社の場合は、そもそも宮司がいなかったせいでお供えがなかったから、料理番や杜氏が毎日ご飯とお酒を出さないといけなかった。でも今は神社にきちんとお供えはされているし、あたしと兄ちゃんが残っているのは自分の意思でなんだけれど。

緩やかな坂を下っていけば、だんだんと潮の香りがしてくる。海神様の神域に入ったのだ。

あたしたちがいつものように「こんにちはー」と声をかけたら、床までつく白い着物を纏《まと》い、わかめのように艶やかな髪を揺らめかせた女性が出てきた。彼女が海神様だ。

彼女におせち料理の話をしたら、口元に手を当てて笑われてしまった。

「そうかそうか。すべてつくることにしたのか」

「わ、笑うところですか!?　お正月したいと言い出したのはあたしですけど。おせちつくったことないから、本当に困ってるんですけど！」

「いやいや、すまない。最近は御先殿も壮健になられ、元旦を祝えるほどに余力ができたのかと喜ばしく思ってな」

そうなのと思って、隣の兄ちゃんを見ると、兄ちゃんは「前も言ったと思うけど……」と間延びした返事をする。

「そもそも前は、季節感が滅茶苦茶だったから、いつ正月だったのかわかんねえぞ。御先様はずっと具合が悪かったし。本物の雷を落として、付喪神たちも怖がって姿見せなかったことだってあった。多分あのときが正月だったんだろうけど、これ全然祝ってないだろ」

「そ、そうなの……？」

今度は海神様を見てみると、海神様も「うむ」と頷く。

「正月になれば、普段は信心深くない者も社に来るからな。恐らくだが、御先殿の社にもなにかしらが来たのであろう。対価の支払いがないにもかかわらず、願いだけを叶え続けていたら、そりゃ具合も悪くなる」

「そうですね……」

日本人って、ゲンキンだから。

普段は神社で手を合わせるようなことをしない人も、正月になったらなんとなく神社にお参りに行って、願掛けのひとつもしてしまう。

あたしが勝手に不機嫌で雷を落としている御先様を想像して顔を青くしていたら、海神様は数の子の塩漬けとごまめを用意してくれつつ「だが」と言葉を続ける。

「りん殿がおせち料理をつくれるなら、問題はないだろう」

「そう、なんですか……？」

「本来、おせち料理とは神饌《しんせん》だからな」

耳に馴染みのない言葉に、あたしは思わず兄ちゃんを見ると、兄ちゃんはぶんぶんと首を横に振った。兄ちゃんも知らないということだろう。

「ええ……そのしんせんっていうのは？」

「神に供える料理だな。この国では年に五回手の込んだ神饌を供える節句が存在していた。それとは別に、元旦があり、元旦に出すものが一番見目もよく豪華だから、おせち料理という名で定着した。もっとも、大きな力を持つ神を祀る社であったら、今も元旦はもちろん、節句ごとに華やかな神饌を出すという習慣は消えていないがな」

おせち料理は日本の行事料理だと思っていたけれど、それがまさか神様のお供えに直結しているものとは思ってもみなかった。

年神はあちこちにいるものだと教えてくれた烏丸さんの言葉といい、おせち料理の由来といい、あたしが思っている以上に神様って身近にいるものなんだなと感嘆の息を吐いてしまった。

「だとしたら、あたし責任重大ですよね。おせち料理、責任持ってちゃんとつくらないと」

「そうは言ってもな。現代でこそ豪勢なおせち料理が増えたが、我らは祝《いわ》い肴《ざかな》さえ用意してもらえたら、充分年のはじめのごちそうとして、ありがたく食すんだがなあ」

また聞き覚えのない言葉が出たぞ。肴というと酒の肴という言葉しか浮かばず、思わず兄ちゃんを見るけれど、兄ちゃんはまたもぶんぶんと首を横に振ってしまった。それを見た海神様は苦笑して教えてくれる。

「五穀豊穣《ごこくほうじょう》の祈りを込めた品を三品ということだよ。この辺りであったら、たたきごぼう、ごまめ、黒豆の三種類だ。それにあとは雑煮《ぞうに》があったら、充分満足する。残りは人間のためのごちそうだと覚えておけばよい」

「ああ……そんな風に考えればよかったんですね。それなら、あたしでもなんとかつくれそうです」

地方によって三種類は違うらしい。たたきごぼうが昆布巻きに変わったり、ごまめより田作りという名前のほうが耳馴染みがある地方もあるという。三品だけきっちりつくって、残りは余力があったらつくろうと考えれば、気持ちはかなり軽くなる。

もちろん、これだけでは、普段多めのご飯を食べている御先様には物足りないだろうから、他のものも考えないといけないことには変わりないんだけれど。

兄ちゃんのお酒を海神様に渡して、あたしたちは元来た道を帰る。

「思っているよりも、なんとかなりそうでよかった……」

あたしはそう息をつきながら言う。

そんなあたしの言葉に兄ちゃんが「んー……」と唸る。

「でもさあ。その三つと雑煮だけじゃ、寂しくないか？」

「……やっぱりそう思う？」

「そりゃつくるの大変なんだけどさあ。でもおせち料理って海神様も言ってたように、年はじめに食うごちそうじゃん」

「……うー」

この人、自分がつくらないからって、いい加減なこと言うなあと思う。

材料があったらいろいろつくれるとは思う。でもうちの神域では肉も卵も手に入らない。他の神域にコネがあったら入手できるのかもしれないけれど、そんなコネがないから困っているのだ。

「……そりゃ、伊達巻があったらいいなとは思うけど、うちだと卵どうやって手に入れればいいの」

「卵かあ……どうすりゃいいんだ。さすがに卵は海神様のところからももらえないだろうしなあ」

「わーん、だから困ってるんだってば」

普段の食事の量を思えば、たしかに三品プラス雑煮だけでは寂しいと思う。でも材料がないのも事実なんだ。

久々に御先様が正月を祝うっていうんだから、ちゃんとしてあげたい。それは素直にそう思うんだけれど。

物理的にできないことってどうすればいいんだろう……？

あたしは頭を抱えつつ、兄ちゃんにぽこぽこと当たってから、今日できるおせち料理の準備をどうするかを考えることにした。ひとまず戻ったら、数の子を一日塩水に浸して塩抜きしよう。

＊＊＊＊

勝手場に戻ると、あたしは水瓶に水を張って塩を加え、数の子の塩抜きをはじめた。一日は置いておかないと駄目だもんなあ。

数の子の入った水瓶を黒豆を浸している鉄鍋の隣に置くと、あたしは教本を読み返しながら、おせち料理の手順を確認することにした。

たたきごぼうやごまめのつくり方、黒豆の炊き方は書いてあるし、一応数の子の味付け方法も載っている。あとは定番の煮しめやなますがあったらなんとかなる。とは思うけれど。

本当はめでたい感じを出すために海老とか紅白かまぼこがあったらいいのになあと思う。海老は海神様のところでもらえるとしても、かまぼこはもらえるのかどうかの微妙なラインだ。魚のすり身からつくることはできるけど……赤く染色する方法なんてこの神域にはない。

「あぁん、やること多過ぎ！」

あたしは思わず悲鳴を上げて、ガリガリと頭を掻きむしる。

せめて材料を手に入れる術《すべ》があったらいいのになあ。つくづく、ここが神域っていうのが恨《うら》めしい。ここには電話はないし、他の神域の人たちに「材料ください」って言う方法がない。

あたしの悲鳴に、かまどの中の花火はこてんと首を傾げる。

「おおげさじゃないかい。わだつみさまもいってたんだろう、いわいざかながあったらそれでかまわないって」

「そうなんだけどぉ、それだけじゃ寂しいよねって話だよ。あぁん、出来合いのおせち料理ってすごいんだなあ……」

正月商戦だと言われがちだけれど、市販のおせち料理はすごい。品数豊富にこれでもかってくらい詰め込まれている。

花火がそう嘆くあたしを本気でわからないという顔で見てくるのに唇を尖らせていると、現世から帰ってきたばかりの烏丸さんがやってきた。

「どうしたどうした、外まで聞こえてたぞー。叫んでるのが」

「あっ、烏丸さん。お帰りなさーい。現世はどうでしたか？」

「社のほうも人が多くて騒がしいよ。元旦の準備を進めている」

豊岡神社に参拝客や面倒を見に来てくれる人が増えてくれているんだったら、御先様も元気だろうとほっとする。それはそうと。あたしは口を開く。

「烏丸さん、卵ってどうにかして手に入りませんか？」

「唐突だなお前さんも、いつものことだが」

「いやいやいや、卵ないっていっつも難儀しているんですからね!?　おせち料理つくりたいと思ったら、やっぱり欲しいって思ったんですよ」

あたしは思ったことを言ってみた。

久々に御先様が正月を祝うんだからもうちょっと豪華なものにしたいこと、でも材料がなくってつくれるものが少なすぎること、せめて伊達巻をつくれないかということを、一気に言ってみたんだ。

それに烏丸さんは「ふんふん」と頷く。

「そりゃそうだなあ……そういえば、ここで正月祝いがされるのも本当に久しぶりだからなあ。ふーん、そうかそうか」

まるで独り言のようにぶつぶつ言う烏丸さんを怪訝な顔で眺めていたら、烏丸さんはざっと勝手場を見回して、水に浸けている黒豆の鉄鍋と数の子を入れた水瓶に目を留める。

「今日はもうおせち料理の準備をしなくってもいいのかい？」

「今日はできることがもうないんです。黒豆は一旦水に浸けて戻さないと使えませんし、数の子も塩抜きしてから料理しないと塩辛いんで……」

「ふうむ。今晩の夕餉は？」

「今晩はたらの野菜あんかけ、味噌汁……と献立は考えていますけど、まだつくりはじめるには早いと……」

いったいなんでそんなこと聞くんだろうと思っていると、烏丸さんはひとりで顎を撫でながら「今ならいけるか」とつぶやく。

「ちょっと出かけるか？　もしお前さんが手伝いをしてくれるんだったら、卵が手に入るかもしれん」

「えっ!?　そんなあてがあるなんて、今まで知りませんでしたけど！」

「うーん、他の季節だと、手伝いが対価になるとは思えんからなあ……」

手伝いが対価ってことは、食べ物を持って行かなくっても大丈夫なのかな。あたしは戸惑いながらも、烏丸さんについて行くことにした。

烏丸さんに抱えられると、重力とは反対の力に引っ張られるような感覚に陥り、だんだん地面から足が離れていく。冷たい風を受けながら飛んでいると、御先様の御殿も花園も、どんどん霞んできて見えなくなっていった。代わりに、現世と神域の間に存在している色が全くない場所……境《さかい》が見えてくる。

ここは前にも連れてきてもらったことがある。包丁が欠けてしまったときだ。この境では、市《いち》が開かれていて、そのときは、おにぎりを対価として支払って包丁を手に入れた。今日は卵を売る市が開かれるのかな。でも、それならもうちょっと早く烏丸さんが教えてくれそうなものなのに。なんて思いながらあたしは烏丸さんを見上げる。

「境でまた、市に行くんですか？　でも市って付喪神が自分の依り代《よりしろ》を売っているんですよね？　卵なんて置いてないんじゃ……」

「市は季節行事だよ、今はやってない。それに今日行くのは市じゃない」

「ええ……？」

長い間大切にされてきた道具には神が宿る。それが付喪神なのだけど、今の時代、人間の住む現世に住むことはできなくなってしまった。だから、付喪神は住処を求め、自分の依り代を手放して身軽になってあちこちに移り住むらしい。その依り代を売っているのが市なのだ。

でも、卵は道具じゃないし……。

ますますあたしがわからないという顔をしていたところで、霞の下にだんだんなにかの影が見えてきた。そこに目を凝らして見えてきたものに、あたしは目を疑った。

「……家が、いっぱい？」

古くって、いったいいつからある建物なのかわからない。

そんな家が並んでいる場所が見えたと同時に、ぶら下がっていた足が地面をとらえた。目の前にある家は、ちょうどあたしや兄ちゃんが神域内で寝泊まりしている茅葺屋根の小屋によく似ていた。烏丸さんがあたしを地面に立たせてくれたあと、辺りを見回す。

立て看板もあるけれど、風化してしまっていて文字がよく読めない。

ときどき、とん、とんとん、とん、という足音が響いている。霞のせいで、どうにもはっきりと見えないけれど、子供が遊んでいる音だ。

それに……ときどき鶏の鳴き声が聞こえる。コケッコーという耳をつんざくような鳴き声に、あたしは目を白黒とさせた。

「境は付喪神以外住んでいないと？」

「思ってましたよ！　思ってました……そもそも境に集落があるなんてはじめて知りましたよー」

「うーん、説明するのがちょっと難しいなあ」

烏丸さんはそう言いながら歩きはじめる。

まるで「むかしむかし、おじいさんとおばあさんが〜」からはじまるおとぎ話のような景色に、あたしは視線をきょろきょろとさまよわせる。あちこちの茅葺屋根から煙がたなびく様子は、牧歌的で懐かしい。どこかで飼われているらしいひよこが、歩いているあたしたちの横を通り過ぎていった。

そして気が付いた。あちこちの家先から匂いがすることに。プンと立ち込める香ばしい匂いは、ごまめを炒った匂い。甘い匂いは黒豆を煮ている匂い。おせち料理をつくっている匂いだ。

あたしが通り過ぎる家々の匂いを嗅いでいたところで、路地に人影が見えた。

「おや、烏丸！　久しぶり！」

あたしは目を丸くして、路地から出てきた人を見た。

烏丸さんと同じような修験服に、天狗のお面を首の後ろに提げた男の人だった。あたしのほうを興味ありげに見て、少し驚いたように目を見開く。

「なんだい、この子人間じゃないか。お前まさか神隠しを続けてたのか？」

「今はしちゃいないよ。この子はりん。御先様の料理番を自主的にやっている子だよ」

「はあ……まさか。自主的にか……」

あたしは「どうも」と頭を下げつつ、烏丸さんに説明を求めるよう目を細める。烏丸さんはあたしの視線をスルーすると、あっさりと天狗さんに言う。

「今日はここの正月準備の手伝いをするから、卵を分けてほしいんだ。なにぶん伊達巻を食べたくとも、卵を供えているような社と縁がないからなあ」

そう説明すると、天狗さんは納得したように、「それなら手伝っておくれ。こっちだ」と案内してくれるようだった。

あたしは前を歩くその天狗さんの背中を眺めながら、隣にいる烏丸さんに質問をぶつける。

「あの。ここっていったいなんですか。この人誰ですか。どうして神隠しのことを知っているんですか」

「ここは知ってるだろ。境だ。現世と神域の。その間に住んでいるものは？」

「ええっと……付喪神？　以外も住んでるみたいですけど……？」

「そう。付喪神は今の現世にいたら大騒ぎになるから、境に引っ込んだんだ。それは他のもんも似たようなもんだ。なんだったら社がなくなった神だって境に引っ込むぞ？」

「ええっと……」

たしかに市に包丁をもらいに来たときも、付喪神ではない人たちは見かけた。あれは境に住んでる存在だったのかな。

あたしはそのときのことを思い出そうと、むむむと眉を寄せていると、天狗さんがあたしの疑問に答えてくれた。

「社がなくなった神だって、黄泉《よみ》にまだ行く気がないのなら住む所が必要だしな。それ以外にも怪異《かいい》だって、付喪神だって、追いかけ回されない場所に住みたいってことだよ。昔はなんでもかんでも白黒はっきり付けなくともよかったが、現代の現世だとそうでもないだろう？」

そう言われてしまったら、こちらはなにも言うことができない。

ホラー番組は夏の風物詩みたいになっているけれど、それが嘘なのか本当なのかは誰も説明できない。でもプライバシーも関係なくテレビカメラに追いかけ回されるのは人間だって嫌なんだから、付喪神も妖怪も怖いもの見たさで追いかけ回されたらたまったものじゃないのだろう。

……今みたいに神域に関係する人間以外にはほとんど見えないっていうのは、ちょうどいいのかもしれないなあ。

あたしはそう納得する。

納得したところで、集落を抜けた。運動場みたいにだだっぴろい地面が広がっているそこは広場らしくって、その中心にある大きな切り株……それこそ千年くらいの年輪はあるような……を中心にして、人が集まっている。

切り株の上には作業台がつくられていて、その上で竹を切ったものを並べていたり、縄を束ねたりしているのが見える。あたしは思わず烏丸さんを見る。

「あれって、正月の用意、ですよね？　門松やしめ縄づくりですか？」

「ああ。年に一度だからなあ……」

昔は正月飾りは一年に一度つくって、年末に燃やしていたということは聞いたことがある。でも今時、時間もないし手間もかかるから、正月飾りも既製品を使う。イチから手作りするとか、ほとんどしない。

境では今でも昔ながらの習慣が守られているらしい。年神のことといい、境の風習といい、神域で生活してそれなりに経っているけれど、まだまだ知らないことが多いなと思いながら、あたしは作業している人たちに声をかけることにした。

この人たちが、卵をくれるってことで合っているんだよね？

「こんにちはー、今日はお手伝いに来ました！」

「あれ、人間？」

皆あたしを見て驚いたような声を上げたけれど、烏丸さんの知り合いらしい天狗さんが紹介してくれた。

「これは御先様のところの料理番。烏丸の連れだよ」

そう言うと、皆納得したように首を縦に振ってくれたので、あたしはほっとする。

人間は帰れと怒られるのかと思ったけれど、そんなことはないらしい。

烏丸さんみたいに天狗らしい人たちもいれば、可愛らしい着物を着た子供もいる。そんな人たちが集まって生活して、一緒に正月飾りをつくっているというのは不思議な気がする。

力の強そうな人たちが、一生懸命門松に使う松を縄で束ねて、下になる部分にむしろを巻いている。その隣であたしは門松の仕上げに飾る花を切る手伝うことになった。南天《なんてん》や梅を飾るらしい。

一緒に花を切っているのは全身白い女の人や、小さな子供たちだ。皆、枝を切るのに慣れているらしく、綺麗に切り揃えていくけれど、華道とかをやったことないあたしはひと苦労。なによりも借りたハサミは和鋏で、力加減がうまくいかなくって、力を込めて切ろうとしても、上手く切れずに枝がへしゃげたりしてしまう。

そのたびに女の人が「もうちょっと真ん中をしっかり持って、真ん中で切るようにしてごらん」と教えてくれた。数をこなしていくと、どうにか綺麗に切れるようになってきた。

ちゃんと切れるようになったら、手は作業しながらも会話する余裕が生まれてくる。

「毎年正月飾りって、つくってるんですか？」

「つくってるよ。御先様のところはどうだい？」

意外だなあと思いながら、あたしは南天の枝を切る。前に市で出会った付喪神は、御先様のことなんて知らない雰囲気だったけれど、この集落に住んでいる人たちは、御先様のことを普通に知っているようだった。

話を振られたので、あたしは兄ちゃんから聞いたことを口にしてみる。

「うーんと……今まで、まともに正月祝いをしたことがないらしいんですよ。そう御殿で働いてる人が言ってました」

「そうだねえ、あの方も大変だったから」

「げんきになられてよかった」

そうしみじみとした口調で言うのに、あたしは「ええっと……」と首を捻る。

「皆さん、もしかしなくっても、御先様がどういう人なのか、ご存知なんですか？」

あたしが直球の質問をぶつけてみると、皆驚いた顔をして、烏丸さんのほうを一斉に見た。烏丸さんは何束目かの松にむしろを巻き付けているところだった。

「烏丸、料理番さんに教えてなかったのかい？」

天狗さんが呆れたような声を上げるので、今度はあたしがなんで？　と首を捻ってしまった。

烏丸さんは皆の呆れたような顔も流して、むしろを巻き終えた松の束を立たせる。

「りんはやることが多いからなあ。聞かれてないことをいちいち教えても混乱するから、教えてなかった」

「教えてやってもよかっただろ。お前も御先様も、ここ出身じゃないか」

「え？　ええ？」

天狗さんが何気なく言ったことに、あたしは目を大きく見開いた。

元々御先様と烏丸さんが兄弟だというのは、あたしも聞いていた。ここの神域を治めている神様が黄泉に行ってしまって社が空いてしまって、誰かが埋めないとその土地が大変なことになるから、御先様が神様になった……というのは、聞いていたけれど。

出身地なんて知らなかったし、それが現世と神域の境だなんて、思ってもいなかった。御先様が神様でなかったときのことなんて、ちっとも想像がつかないし、そもそも考えたことがなかった。

やたらと烏丸さんは境の行事に詳しいと思ったけど、ここ出身だったんなら納得だ。

烏丸さんは天狗さんに「りんが困るだろうが」と言いつつも、否定しなかった。

烏丸さんのそのひと言で、この話題は流れてしまい、また皆は作業に集中しはじめた。そのことにあたしはほっとした。

御先様は神格が落ちた影響で、自分の真名すら忘れてしまったと聞いていたから、あの人が自分のことを他の人の口から言われるのは、嫌じゃないかと思ったんだ。

むしろの巻き終わった松に、あたしたちが切った南天や梅を飾り付ければ、正月飾りの門松が完成。今度はしめ縄づくり。皆で藁を円にして、それをタコ糸で縛り付けて形を整えてから、橙《だいだい》や柊《ひいらぎ》の葉、松の枝をあしらってつくる。

「烏丸さん、できました。これを境の集落の家にそれぞれ配ればいいんですか？」

「ああ、ありがとう。助かると思う。毎年作業が大変だからなあ。おせち料理だってつくらないといけないし、ばたばたしているからなあ」

「これ、御先様の御殿には飾らなくっていいんですか？」

現世の神社では、正月飾りが置いてあるところもあれば、置いてないところもある。神域には訳のわからないルールが多いから、その辺りはどうなんだろうと疑問に思ったのだけれど、烏丸さんが「あー」と答えてくれた。

「神域にはいいよ、飾らなくて。これは、年神に来てもいいと合図するものだから」

「また年神ですか……あのう、そこまで重要なんですか？　その年神って」

あたしが怪訝な顔をしたのに、烏丸さんが「まあそんな顔をするな」とやんわりとたしなめる。

「前にも言ったと思うが、年神は神というにはまだ力がなくてな。合図や目印がないと、そこに行くことができない。神域で飾らなくてもいいのは、別に年神の恩恵に与《あず》からなくっても、その神域に神がいたら問題ないからだな」

「面子とか、そんなんですか？　出雲に呼ばれたら行かなきゃいけないとか、そういうのと一緒で年神を招く招かないというのがある……」

「まあ、そうなるなあ」

つまりは……境は神域にも現世にも属してない場所だから、境なんだなあと納得して、辺りをぐるりと見た。

つくった正月飾りを、天狗さんたちや白い女の人、子供たちがせっせと集落の家々に配りはじめた。あたしもそれを手伝う。玄関には門松が並んでいるし、戸にはしめ縄。なるほど、めでたい感じに仕上がってきた。

あたしは「ふう……」と息を吐く。冷えている中で慣れない作業をしたから、体がかちこちに固まっていて、手も冷たい。

「おや、りん。冷えたか？」

「そりゃ人間には冷えますよー、さっきの場所、火もありませんでしたし」

「そうかそうか。すまんなあ。そろそろおせち料理の材料ももらえると思うんだが」

「あのー、一応聞いてもいいですか？」

「なんだ？」

さっきの人たちを思い返す。

白い女の人は、寒い中でも平然と花を触って切っていたから、寒さに耐久があるのだろう。雪女、なのかもしれない。きっちりした身だしなみの子供たちは、雪んこなのかも。そして何人かいた天狗さんたち……皆、人間ではないけれど、神様でもないはずだ。

「あの、もしかしてあの人たちも、対価は必要ない人たち……じゃないですか？　前に包丁もらいに行ったときは、対価を持って行くように言っていたのに、今回はそれがなかったから、おかしいなあと思ったんですけれど」

あたしは烏丸さんから、一度も対価を要求されたこともないし、支払った覚えもない。だとしたら、この人たちも……。

たいした手伝いもしていないのに、おせちの材料をもらってしまうのは、なんだか忍びないなあと思ってしまったのだ。

あたしがもごもご口ごもっていたら、烏丸さんはポンポンとあたしの頭を撫でてきた。

「まあ、気にするな。単純に人手不足で手伝って欲しかっただけだしな。ここに住んでる連中もおせち料理の準備にかかりっきりだし、境も年々住むものが減ってるからなあ」

「そうだったんですか？」

おせち料理をつくっている家はあった。でもたしかに生活感のなかった家も、あったような……でも、なんで？

あたしの頭の疑問を読んだかのように、烏丸さんが教えてくれる。

「一度、神域に神がいなくなった弊害だな。そのせいで、神域と現世の境がはっきり線引きできなくなって、境も狭くなってなあ。住む所がなくなったり市が開けなくなったりして、他に移り住んだ奴もいるんだよ。おかげで新しく神を立てないといけなくなったし、その神も最近まで力を失っていたしな」

「あ……そういう……！」

ようやく合点がいった。御先様が神様になった理由。今はじめてわかった。

本当に、あの人は……。最近ときどき広間から出て行ってなにやらやっている御先様のことを思い返して、そっと溜息をついた。

烏丸さんはのんびりと笑いながら、辺りを見回す。

人間じゃないもの……それこそ神様だったり、付喪神だったり、妖怪……なのかな。それらが住める場所。烏丸さんやここに住んでいる人たちの故郷。それがなくなってしまうのが嫌だったんだ。

あたしだって、地元の商店街がなくなっちゃったら、きっとそんな気分になるはずだ。

少ししんみりしている間に、一軒の民家から小袖を着てたすき掛けをした女の人が出てきた。漂わせているのは出汁の匂い。多分だけれど煮物を炊いていたんじゃないかな。

「本当に正月飾りをつくる手伝いをしてくれてありがとう。卵、これだけで足りる？」

そう言いながら、竹籠の中に卵をたくさん入れて持たせてくれる。……これだけあったら、伊達巻だけじゃなくって、他の卵料理だってつくれる。あたしは竹籠を持って、ぺこぺこと頭を下げる。

「大丈夫です！　これで伊達巻がつくれます！　本当にありがとうございます！」

そう何度も何度も頭を下げると、女の人はころころと笑っていた。

うん、これでおせちもなんとかなるだろう。あたしは烏丸さんと一緒に、再び神域へと帰った。

＊＊＊＊

卵を氷室姐さんのところに預けに行き、その代わりに夕餉に使う魚を取って勝手場に戻る。今晩使うのはたらだ。最近ちょっと青魚が続いたから、そろそろ白身魚がいいだろう。

勝手場に戻り、ご飯を研いで準備しながら、あたしは今日境に出かけて知ったことを花火になんの気なしに言ってみると、花火は知ってたとばかりにパチンパチンと火花を散らした。

「なんだい、からすまはそんなこともいってなかったのかい？」

「うーん……あたしも境に行ったの二回目だし、烏丸さんも言いふらすもんでもないと思ったんだと思うよ？」

「さかいはたのしいけど、ないしんいきもおおいから」

「そうみたいだね」

あたしが行ったことのある神域は、ここと海神様のところと、出雲《いずも》だけだ。海神様のところはわからないけれど、出雲には、現世と神域の境目は存在しなかった。出雲で行われる宴に参加する許可をもらえなかった付喪神は、出雲からは追い出されてしまっていたから。多分神様の力が強い場所には、神様でも人間でもない存在が住めないんだと思う。

白黒はっきりつけるのは、法廷だったらいいと思うけれど、そうじゃないものにはその考えってよくないのかも。神様の言い分も、人間の言い分も、そうじゃないものの言い分もあるんだから、曖昧さって大切。

花火は水を張った鍋ふたつを見上げて「これにひをつければいいのかい？」と聞くので「お願い」と答えながら、あたしは野菜を切る。

干しきのこは手でちぎって水で戻し、にんじんは細切りにしておく。大根は乱切り。れんこんは輪切りにしてから、酢を入れたお湯でざっと火を通して網で水切りしておく。油揚げは短冊切りにしたあと、沸騰したお湯をかけて油切りをする。

たらは鱗《うろこ》の処理を済ませ、頭とエラ、内臓を取り、三枚におろす。半身を切り身にして、塩を振ってからしばらく置き、片手鍋で表面を焼き付ける。表面にしっかり焼き色がついたら、弱火にして蓋をして中まで火を通す。残った半身はあとでたっぷりと塩を振って干鱈にしよう。干鱈は保存が利くし、それだけでいい出汁がでるから、今度たら汁をつくってみよう。

たらに火を通している間に、隣の鍋に切ったにんじんときのこを入れて、きのこの戻し汁と醤油、みりんを加えて煮る。火が通ったところで、片栗粉を溶かした水を少しずつ回しかけて、あんをつくる。このあんは盛り付けるときにたらの上からかけよう。

火を通したれんこんは、さっと炒めてから、ごまと醤油、みりんで味付けして、塩で調整する。

もうひとつ鍋を取り出し、鰹節で出汁を取る。出汁が取れたら大根と油揚げを入れて、大根に火が通るまで煮てから、味噌を加える。ご飯が炊けたのを見てから、急いでそれぞれを器に盛り付ける。

ご飯、たらの野菜あんかけ、れんこんのきんぴら、大根と油揚げの味噌汁。

冷めないうちに早く持って行かないと。あたしは膳を持って広間へと急いだ。

途中で熱燗を持ってきた兄ちゃんと合流し、広間に向かいながら、あたしは思い出したように「あっ、兄ちゃん」と言う。

「伊達巻、なんとかなりそう。卵が手に入ったから」

「おお、そりゃよかったなあ。これでおせちっぽくなったなあ」

「そりゃ品数が増えたのはいいけどさあ。他にもやること多いんだから、兄ちゃんも手伝ってよ？」

「手伝えるもんなら手伝うけどさあ、俺は酒の肴以外ほとんどつくれないぞ？」

「大丈夫！　餅をつくのとか力仕事をバシバシ手伝ってもらうから！」

鏡餅だって、餅米を炊いてつくところからはじめないといけないし、おせち料理だって今からつくっていかないと、間に合わない。

それでも。この神域では久しぶりの正月なんだから、ちゃんと祝えるといいなあと思ってしまうのだ。

広間に辿り着き、「失礼します」と声をかけると、向こうから「入れ」という声が返ってくる。

いつものように御先様の前に膳を並べ、兄ちゃんがお酒を注ぐ。御先様はお酒をおいしそうに飲みつつ、あたしのほうをちらりと見た。えっ、なに？

「今日はどこかに行っていたようだが、用は済んだのか？」

「えっ……！」

この人、相変わらず神域内のこと見てもないのに知ってるなあ。思わず感心しながらも、隠すことでもないから素直に答える。

「おせち料理の材料が足りないので、もらいに行っていました」

「ほう……おせちか」

御先様は少し興味ありげに目を光らせる。そっか、本当に久しぶりなんだな、おせち料理を食べるのは。あたしは素直にそう思いながら、御先様に対して頷く。

「つくりますから、楽しみにしていてください」

「……覚えておく」

そう言って、御先様は箸を取って膳の上のものを食べはじめた。

この人、前よりもずいぶんと気軽に約束をしてくるようになったなあ。前はもっとピリピリしていたと思うんだけれど。

たらをあんに絡めながらひと口ずつ食べ、味噌汁もおいしそうにすする。きんぴらとご飯を交互に食べて、すぐに膳の上の器は全て空っぽになってしまった。御先様は箸を置くと目を細め「悪くはない」のひと言。また「美味い」のひと言はなく、あたしは料理が冷めたか……とがっくりとする。

広間をあとにしてから、あたしは兄ちゃんと一緒に勝手場に戻り、皆の賄いの準備をする。ご飯をおにぎりにして、野菜あんの鍋を持って「んー……」と唸った。

普段は勝手場の隅の小上がりで賄いを食べているけれど、外は雪が積もっているし、床に座り込んでいると底冷えしてきて震えが止まらなくなるのだ。冬は、床で食べるの駄目じゃないかな？

あたしは少し考えて、ピンと思いつく。

「兄ちゃん兄ちゃん。今日はあたしの小屋で食べよう！」

「小屋なら座布団があるし、囲炉裏《いろり》で鍋を温められる！」

普段寝起きしている小屋には囲炉裏がある。毎日それを見ている癖に、使ったことなんてなかった。兄ちゃんはその提案に「なあるほど」と言ってから、花火を近くに立てかけていたちりとりの上に載せてくれ、野菜あんが入っている鍋ももう片方の手で持ってくれた。

あたしはおにぎりを器に入れて持って、小屋へと移動することにした。その途中で「そういえば」と口を開く。

「今日、境に行ったときにさ、集落を見てきたんだよ」

「はあ？　話が全然見えねえ」

「うーんと。境には付喪神が市を開いたりしてるって前にも話したでしょ。あそこって、付喪神だけじゃなくって、人間以外が住む集落なんだってさ。烏丸さんもそこ出身なんだって」

そう説明すると、兄ちゃんはなんとも言えない顔になった。

「そっかあ……あの人がどこ出身とか、ぜんっぜん考えたことなかったわ」

「そうだねえ。一緒に住んでるんだけど、案外気にならないもんだねえ」

「はあ、小屋？　なんで？」

「自己申告するんだったら聞くけど、そうじゃなかったらわざわざ聞かないもんじゃねえの？」

「そっかあ……」

思えば。兄ちゃんは多分、御先様と烏丸さんが兄弟だということも知らないんだよなあ。あたしには聞く機会があったから聞けたけれど、兄ちゃんにそんな機会があったのかどうかは知らないし。

小屋に着いたら、囲炉裏の中に花火を入れて炭に火をつけてもらいながら、あたしは野菜あんの鍋を炭の上に置いた五徳に載せて温める。そして座布団を並べると、ふたりでそこに座って鍋の中身がふつふつしてくるのを待った。

「あれ、おにぎりは焼かないのか？」

「鍋載せてたらおにぎり焼けないじゃん。それにさあ、今日はおにぎりにあんをかけて食べようかと思って」

野菜あんがくつくつとなってきたところで、器に入れたおにぎりの上に、野菜あんをたっぷりとかける。それを崩しながら食べると、芯からあったまってくる感じがしてほっとする。そしてふと思う。

境の集落は、あたしたちが普段使っている小屋によく似ていた。あそこにも囲炉裏があって、それを使って生活しているのかもしれない。烏丸さんと御先様が囲炉裏を囲んでいるのを、頭に思い浮かべてみたら、結構面白い構図だ。

あたしが想像笑いをしていたら、兄ちゃんが「お前気持ち悪いぞ」と突っ込んできたので、「気持ち悪くないし！」と返しておいた。

第二章

大晦日まで残り十日。本当に目まぐるしく時間が過ぎていくような気がする。

夕餉が終わってからおせち料理の準備をしているけれど……細々《こまごま》とした作業が多くて正直大変だ。

黒豆を戻し水のまま鉄鍋で煮て、アクが出てきたらアクをすくって、火を弱める。布巾を落とし蓋にして煮詰めていく。水が少なくなったら、そのたびに水を足して、水の量を調整する。鉄鍋を使うのはより黒く煮るためだ。鉄の酸化が黒豆の黒を綺麗にするっておばあちゃんが昔言っていた。そういえば黒豆煮るとき釘を入れてたもんね。

黒豆が柔らかくなったのを確認したら、今度はひたひたの煮汁で煮詰める。これで黒豆にツヤが出る。

あとは黒豆をぬるま湯で洗って、皮が破れた豆を取り除く。

隣の鍋で砂糖と水を混ぜて、黒豆に染み込ませる蜜をつくる。前に出雲でもらってきた砂糖が役に立った。火が強過ぎたら飴になってしまうから、砂糖が溶け切ったところで火は止めて、蜜が人肌くらいの温度になったところで、黒豆を蜜の中に入れる。

「もうにないのかい？」

花火が黒豆が入った鍋を気にしながらも、器用に火の調節をしてくれているのを見て、あたしは頷く。

「ひと晩置いて蜜を染み込ませるの。これで皺が寄らないから」

「しわをよせないのかい？」

そう言って花火が首を捻る。あれ、黒豆ってツルツルピカピカしてるもんだと思ってたけど。あたしははて、と考えてから、教本に書いてあったことを思い返す。昔は皺が寄りやすい種類の豆を煮ていたんだ。

「昔は皺が寄りやすい黒豆を煮るのが主流だったみたいだけど、今はツヤを出すのが主流なんだよ」

「ほーう。そうかい」

「多分神社にお供えされているおせち料理の黒豆も、今はツヤツヤしてるんじゃないかなあ」

料理にも流行り廃《すた》りがあるからなあ。

あたしは黒豆の作業をひと段落させると、他の準備も済ませることにする。

塩抜きした数の子の薄皮を剝いたら、鰹出汁と醬油、酒を煮立てたものを冷ます。冷めたらそれに数の子を浸し、こちらもまたひと晩置いておく。

あとはごまめとたたきごぼう、紅白なますをつくりたいんだけど。ごまめは炒って飴に絡めないと駄目だし、紅白なますは大根とにんじんを千切りにして昆布出汁と酢の合わせ酢で和えておかないといけない。あとたたきごぼうは……と、あたしは教本と睨めっこしながら、一品一品をどう完成させていくかを考える。

それに。おせち料理は家で食べる分には、重箱に入れて出し、それを受け皿によそって食べるけれど、御先様にはどうやって食べてもらえばいいんだろう。それも頭を悩ませる要因のひとつだ。

さすがに、教本にも神棚にどんな風におせち料理をお供えするかまでは書いていない。御先様に出すときは、お皿に一品一品盛って出すほうがいいのかと、食器棚にある小皿を眺めたり、仕切りのある入れ物を探してみたりしているけれど、正解がわからず考え込んでしまうんだ。

ある程度仕込めたら、貯蔵庫にしまって、ふらふらになって小屋へと帰る。

「つーかーれーたー……」

割烹着を脱いで、どうにかもぞもぞと布団の中に入ったら、あっという間に眠気が襲ってきた。それに抵抗することなく、明日も頑張ろうと目を閉じた。

＊＊＊＊

気が付いたら、竹藪に立っていた。

ええ……ちょっと待って。あたしは辺りをきょろきょろと見回す。それは、前に一度見た夢とそっくりそのままだった。

あたしが辺りをさまよっていたら、前のときと同じく「ひっくひっく」と声が耳に入ってきた。

あぁん、あの子供か！　いきなり理由も言わずに泣かれたことを思い出す。あたしは首を動かして例の子供を探す。

あの子供が神様なのか付喪神なのか妖怪なのかは知らないけれど、夢に出てきてこちらにちょっかいをかけるのは勘弁してほしい。睡眠妨害だ、睡眠妨害。

「どこ？　あなたいったいあたしになんの用なの？」

声を上げてきょろきょろと探してみる。前のときと同じくがさがさと枯れ草を踏みつけて進んでいった先に、あの子供が泣いている姿が見えてきた。

その子はあたしに気付いて、また顔を上げた。

黒目がちな目に涙を浮かべながらも、表情はふてぶてしい。上目遣いだからこんな表情に見えるのか、子供ゆえの万能感なのかは、これだけだと判別つかない。

「もう、あなたいったいなんなの！　また夢に出てきて！」

あたしが思わず声を上げると、その子はさらに目を潤ませた。って、これってあたしが泣かしたことになるのか！　思わずあわあわとする。

「さーびーしーいーよーぉぉぉぉぉ！」

そのまま声を大きく張り上げて、わんわんと泣き出したのに、あたしは思わず耳を押さえつつも、どうしようとうろたえる。近所の小さい子の面倒を見たのなんて、いったい何年前だったかな、覚えてない。

「ちょっと、どうしたのー。泣いてるだけじゃわかんないよ！」

うろたえながら、頭を撫でればいいのか、背中を撫でればいいのか考えあぐねていたところで。ぐー……と間抜けな音が響いた。断じてあたしのお腹ではない。

その子のお腹の音だ。きゅーるるるる……と続く。前回に続き今回も、「さびしいさびしい」と言って泣くのってもしかして。

「……あなた、お腹空いてるの、もしかして」

「……ごはん、たべられない」

「え、食べられないって」

「たべかたがわかんない」

え……食べ方がわかんないって、どういうことなんだろう。そもそも、この子はいったい誰なの。あたしは「えーっとえーっと」と言葉を探して、思いついたことを口にしてみる。

「あなた、どこにいるの？」

「いせだぞ」

「いせ？　いせって……もしかして、お伊勢さん？」

なんであたしは、伊勢にいる子供に泣きつかれているんだろう。この状況はなに。

あたしの突っ込みたいことはさておいて、さんざん泣いていたこの子は突然泣きやみ、今度は目をパチパチさせながら、こちらをじっと見てくるので、屈んで目を合わせる。

「ごはんくれるのか？」

「ちょっと待って」

「おなかすいた……」

　また、きゅるるるる……と腹の虫が鳴る。つまり、この子はお腹空かせて泣いている。これって、どういう状況なんだ、これは。

　でも、この子のお腹の音を聞いていたら、なんとなくあたしが神域に神隠しされたばかりの頃の御先様を思い出してしまった。あの人は、お腹が空いているせいで、毎日不機嫌だった。今でこそ多少棘《とげ》が抜けて丸くなった印象があるけれど、はじめて会ったときは子供のようにわがまま言ったり癇癪《かんしゃく》玉が破裂したりと、取り扱い注意人物状態だった。

　この子を放置していていいのかな。

「ちょっと待って。そんなに言うんだったら、ご飯用意してあげるから」

「ほんとうか？」

　黒目がちな目がこちらのほうをじぃーっと見てくる。それにあたしは頷く。

「本当。伊勢につくりに行くから」

「わかった！」

　こくんと頷いた子が、ようやく涙を止めて笑うのを見ていたら、だんだん景色が霧散《むさん》していった。夢から、覚めるのだ。

＊＊＊＊

目が覚めたとき、いつもの高い天井が目に入ってきた。もちろん、竹藪の中ではない。

あたしは起き上がって、小屋の中の寒さにぶるりと身を震わせつつ、さっきまでの夢について考える。神域で夢を見るのはこれで二度目。しかも同じ子供が出てきて、寂しいって内容まで同じってことはありえるのか？　おまけに今回はお腹まで空かせて。兄ちゃんは神域に来てから一度も夢を見たことがないって言っているのに。

なんだか腑に落ちない気持ち悪さを感じながらも、あたしはブルブル震えながら、井戸で顔を洗って、いつものように氷室に出かけて魚を取ってきてから、勝手場に入って調理に取り掛かる。

米を洗って水に浸し、その間に床下の貯蔵庫に入れていた大根と里芋、にんじんとれんこんを出してきて皮を剝く。里芋は半分米と一緒に釜の中に入れて、寝ぼけている花火に「この釜に火をかけて」と声をかけておいた。

隣の鍋にはごまをよくすり潰して入れ、そこににんじんとれんこん、残りの里芋を放り込んで、油で炒める。油が絡んでごまの匂いが回ってきたところで、昆布出汁を加えて煮る。

どうしてもあくびがくわりと出てしまうのは、変な夢を見て、どうにも寝足りない感覚が残っているせいだ。

ひとつの鍋でお湯を沸かしはじめると、目をマッチ棒みたいな手で擦り上げながら、花火は火花をパチンパチンと弾けさせる。

「なんだい、りん。きょうはりんもねむたいのかい？」

「んー……そうだねえ。今日は変な夢を見たから。ここに来てから、夢見て起きることなんてなかったのにねえ」

「え、ゆめぇ……？」

花火が変な声を上げるのを、あたしはあくびをしながら怪訝に思う。神域では夢は全然見ないって兄ちゃんも言っていたけど、そこまで珍しいものなの？　あたしは大根を乱切りにしたあと、切り落とした大根の葉をぶつ切りにしていると、花火はおずおずとこちらに聞いてくる。

「りんー、それってどんなゆめだったんだい？」

「どんな夢って……小さい子に無茶苦茶泣かれた夢だよ？　でも、なあんか変な子だったなあ。人間ではないと思うんだよねえ……前に境で会った子たちに近い感じがする。伊勢にいるとか言っていたし……」

「いせっ！」

花火が途端に火花を大袈裟に散らすのに、あたしは首を捻る。なんだこの反応。

水切りしておいた豆腐をすり鉢に入れ、それをすりこぎですり潰しながら、ごまとみりん、醤油を加えて白和えをつくっている中、花火は考え込むようにしてマッチ棒みたいな腕を組みはじめた。

あたしは花火の反応が全然わかんないと思いながら、鰤《ぶり》の臭み消しに塩を振っていると、花火はぱっと顔を上げた。

「それ、みさきさまにいったほうがいいぞ。たぶん、いわないとおこられる」

「怒られるって……夢のことを御先様に言わなかっただけであたしが怒られるの？」

「ちがうぞ、みさきさまがおこられるんだぞ。ばっくれたって」

「ば、ばっくれたって……なにを？　というか、花火。この夢がなんなのか心当たりあるの？」

「これいじょうは、たいかをようきゅうするんだぞ」

そう言ってぷいっと花火はそっぽを向いてしまった。あ、こういうときだけ卑怯！　あたしは「なんでよぉー!?」と抗議してみるけれど、やっぱり花火はそっぽを向いたまま、それ以上答えてはくれなかった。

もう、なんなんだろう本当に。

でも。ばっくれた扱いされて、御先様が怒られるってなに？　だけど。

嫌でも面子のために行かなきゃいけなかったっていう、出雲の神在月のことが頭をよぎる。でも夢であの子が言っていたのは伊勢だよねえ？

とりあえず鰤にお湯をかけて霜降りにする。昆布出汁と醤油、酒、みりんの合わせ出汁の中に大根を入れてひと煮立ちしたところで、鰤を入れ落とし蓋をして煮る。

煮ていたにんじんとれんこんの鍋は、味噌で味を整える。

大根の葉をさっと茹でてから水を切って、白和えの中に入れてよく和える。

里芋ご飯、鰤大根、大根の葉の白和え、にんじんとれんこんの味噌汁。

あたしはこれらを器に盛りながら、未だに知らんぷりしている花火を見る。里芋で買収して、もうちょっと事情を聞こうか。一瞬そう思ったけれど、それは止めた。

一応御先様に事情を説明してから、状況を整理しよう。そう思って膳にそれらを載せると、いそいそと運んでいった。

途中で会った兄ちゃんに、一応今日見た夢の話と、花火からこのことを御先様に報告したほうがいいと忠告を受けた話をしてみると、途端に兄ちゃんは考え込んで眉を寄せてしまった。

「やっぱり、変な話なのかな？」

あたしがそう言ってみると、兄ちゃんは「というかさあ」とぼやく。

「伊勢なあ……俺が神域に来てから、その名前、一度も聞いたことがないんだけど」

「ええ……？　兄ちゃん、あたしよりずっと長いこと神域にいるのにぃー？」

三年以上神域にいる兄ちゃんは腕を組んで考え込む素振りを見せた。

「多分さあ、りんが現世に戻って祭りをするまで、御先様は神格が落ちてただろう？　そのせいでいろんなことに制限がかかってたと思うんだよな。烏丸さんだって前は豊岡神社の敷地から出られなかったんだろう？」

「ああ、そういえばそうだった」

烏丸さんがそう自己申告していたことを思い返して頷く。

「いきなりぽっと伊勢の話が出てきたって訳じゃないと思うんだよなあ、花火の言い方からして」

そう言われればそうだ。花火はいったいいつからこの神域にいるのかは知らないけれど、あたしたちよりは神域のルールについて詳しいみたいだし。

そうこう言いながら、あたしたちは広間のほうにいそいそと向かう。

「御先様、朝餉をお持ちしました」

広間のほうに声をかけると、いつもなら返ってくる「入れ」という声が聞こえない。

……あれ？

あたしと兄ちゃんは顔を見合わせる。思わず襖の隙間を見るけれど、御先様が機嫌悪いときに出てくる暗雲みたいなものは、全然漏れ出ていない。だとしたら、どうして御先様の返事が来ないんだろう？

兄ちゃんが「御先様、いらっしゃいますか？」と念押しで声をかけるものの、やっぱり声が返ってこない。意を決して、あたしは「失礼します、入りますね」と声をかけてから襖をそっと開けてみる。

……御先様がいないのだ。

嘘、朝餉の時間には必ず広間にいるのに、今までこんなことなかった。

「御先様……？」

もう一度声をかけてはみるものの、広間は青々しい匂いがするだけで、誰もいない。普段は付喪神たちが火鉢に炭を入れているというのに、それもないから、この広さが異様な寒々しさを醸し出している。

いつも御先様が使っている脇息の辺りの畳を恐る恐る触れてみるけれど、温度はない。だとしたら、あの人朝からどこかに行っているのか？

あたしは一旦膳を置くと、兄ちゃんに手を振る。

「ちょっと御先様捜してくる！」

「って、俺が留守番かよ!?　御先様が帰ってきたらどうすんだよ！　俺、朝餉の説明なんてできねえぞ!?」

「見てるだけでいいから！」

兄ちゃんを残して、あたしは広間を飛び出した。

とは言っても。どこを捜せばいいのか。

あたしも実のところ、御殿の全貌をよく知らない。普段は勝手場から御先様のいる広間に向かう廊下以外に用がないからそれより奥に入ったことがない。これ以上入って行って不敬と怒られたらどうしよう……。そう思ったけれど、聞きたいこともあるから、もう行ってしまおうと意を決して御殿の奥へと足を進めた。

普段御殿を掃除している付喪神たちは、驚いた顔をしたものの、ひょいとどいて道を空けてくれた。

「ありがとう！」

そう声をかけてから、さらに奥へと進む。

御先様、いったいどこに行ったんだろう。そう思ってきょろきょろしながら長い廊下を抜けていった先に、石でできた白い階段が見えてきた。その前には赤い鳥居《とりい》が建っている。それを潜ると、見慣れたまっ白な姿の人が色のない空間の前に立っているのが見えた。そこにひらり、となにかが飛んでくると、それを御先様は受け取る。それは、なにかをくるんだ白い羽だった。

白い羽にくるまれているのは、絵馬に見える。一枚、二枚……なにを書いてあるのかはこちらからだと見えないけれど、なにかの願い事だろうか。前に、海神様が現世から送られてくるお供え物を見せてくれたことがあった。あれに雰囲気が似ている気がする。御先様はここで、現世の社に届けられる願いを受け取っていたんだ。

烏丸さんから、御先様は豊岡神社にかけられた願いを叶えているとは聞いていたけれど、どうやって叶えているのかは考えたこともなかった。ここで神社の願いを聞いていたんだなあとまじまじと見てしまう。

それらを受け取ったあと、御先様は書かれた文章に目を通してから、色のない空間に絵馬を返していく。

「……ずいぶんと増えたな」

そう御先様がぽつんと言って振り返る。そこでようやくあたしの存在に気が付いて、途端に顔をしかめた。

「人間の立ち入りは許可しておらぬ」

そのピリピリとしたプレッシャーに、あたしは反射的に頭を下げていた。

「もっ、申し訳ありません……！　ええっと……朝餉の時間になっても、御先様がいらっしゃらないから、捜しに来ました……本当に申し訳ありません」

御先様はプレッシャーで辺りの空気を緊張させたものの、怒鳴ることはなかった。ただこちらのほうに向かって、ぽつりと言う。

「我を捜しに来たのか。待っておればよかろう」

「そっ、それもですけれど……」

「まだなにか？」

「あっ、はい……ええっと……これは花火……火の神が御先様に言ったほうがいいと忠告してくれたんですけど……」

ぽつりぽつりと話してみた。我ながら伊勢にいるっていう子供の夢を見たっていうのは、なかなかシュールだと思う。でも御先様の表情が一気に険しくなっていくのを見たら、これってあたしが思っているようなただの変な話ではないのかも？　と思えてきた。

ざっくりと話し終えると、御先様は深く深く溜息をついた。

「……よりによってこんな忙しいときにか」

「あのう、これってなんなんでしょうか？　無視しちゃ駄目ってことなんですよね？」

「夢枕《ゆめまくら》だ」

「ええ、ゆめまくら……？」

「そちは夢枕に立たれたのだ」

「な、なんですか、それは」

夢枕に立つってあれだよね。

神様が夢枕に立つっていうのは、予言とか予知とかそんなんだよね。そういうのは、昔話にもときどきあったと思う。でも偉くもなんともないただの料理番の夢枕に立ってどうするの。

あたしが心底わからないという顔で口をひん曲げたのを見てか、御先様は再び溜息をついた。そしてさっさと石段から下りてすたすたと歩きはじめた。

「朝餉はあるのだな。食す」

「あっ、はい！　どうぞ！」

あたしも御先様について広間に戻る。

……でも、御先様が「忙しいときに」って言ってるってことは、夢枕に立って伝えられたのは、御先様にとって断れない案件なんだよなあと思う。

しかも、なんで御先様じゃなくってあたしに立ったんだ？　これは説明してもらわないとさすがに困るんだけれど。御先様の険しい顔を横目で眺めながら、あたしは歩幅の合わない御先様に、どうにかしてついていった。

＊＊＊＊

結局いつもの調子で、御先様は押し黙ってしまい、朝餉のうちに聞き出すことはできなかった。教えてくれたのは、小屋まで賄いを食べに来た烏丸さんだった。

あたしが出した味噌汁をすすりながら、烏丸さんは顎をさする。

「神域には、現世で言うところの電話やメールがないからなあ。伝達は飛脚を使うし、飛脚を出す立場じゃないものは、夢枕を使う」

「飛脚を出す立場じゃないって、どういうことですか？」

神域の飛脚便は、はっきり言って現世の宅配便よりも早いし返事もすぐだ。それを使えばいいのに、わざわざ夢枕に立つ意味がわからないんだけど。

皆で里芋ご飯のおにぎりをもぐもぐ食べていたら、兄ちゃんが「んー……」と口を挟んできた。

「飛脚のシステムがないか、神域に飛脚をやってくれるような付喪神がいないかってことっすか？」

「あっ、そっか」

前に頼んだ飛脚便は、蛙の付喪神だった。たしか力が弱い神様は、付喪神を住まわせ世話をしてもらわないと社を保てない。その一方で、神格の高い神様は付喪神の力を借りなくても社を保つことができる……んだっけ？　そして御先様の機嫌が悪くなったことから想像すると、断り切れないほどに上の立場の神様からの夢枕連絡網ということなのかな。

あたしは兄ちゃんと一緒に烏丸さんを見ると「そうだなあ」と頷いた。

「こんな忙しい時期に伊勢からの呼び出しが来たんだから、そりゃ機嫌も悪くなるだろうなあ」

「そもそも伊勢からの呼び出しで機嫌が悪くなるっていうのが、よくわかってないんですけれど」

あたしの反応に烏丸さんはいつもの飄々とした調子で言う。

「今の現世にはなかったか？　お伊勢参りって」

「聞いたことはありますけど、あんまり身近ではないっすねえ」

兄ちゃんはそう返事をする。うん、お伊勢参りはCMで見たことがある。でも出雲以上に伊勢のことは全然知らない。そんなあたしたちに烏丸さんは続ける。

「伊勢も有名な神域なんだがなあ……そこから呼び出しを受けたんだったら、御先様も断れないだろうさ」

「あのう……伊勢がすごいっていうのはわかったんですけど、あたしが夢枕に立たれたっていうのはなんでなんでしょう？」

「年神を各地に送り出す役割と、各地に送るまでの間の年神の世話役ってところだろうな。これは神域ごとの当番なんだ」

「ん……んんんん……？　世話役って、なんですか？」

「いろいろあるが、りんが夢枕に立たれたということは、食事の世話だろうなあ」

「な……！」

またこの人、すっごい唐突なことを言い出したよ。

あたしは思わずぐにゅりとおにぎりを握りつぶす。それを見た兄ちゃんが「もったいない」という顔をするのを無視して、崩れたおにぎりをどうにか全部口に突っ込んで咀嚼して、喉を通すためにけんちん汁を一気に飲み込んでから、声を上げる。

「なんですか、それ……！　御先様、ふてくされただけで、ぜんっぜん教えてくれませんでしたよ!?」

「そりゃ当番制とはいえ、夢枕に立たれない限りはわざわざこんな忙しい時期に伊勢に行く必要はないからなあ」

こっちがまくし立てても、烏丸さんの飄々とした態度は変わらない。あたしと烏丸さんの会話を聞いていた兄ちゃんも、ちょっと疑問に思ったらしく、おにぎりを食べ終えてから質問を重ねる。

「でも、俺ここにずっといますけど、マジで伊勢からの呼び出しなんてはじめて聞きましたけど？」

「今までは御先様の力が弱まっていたから、この当番も免除されていたんだがなあ。出雲の宴に出席した際にそろそろ力が戻ったって判断されて、当番に組み込まれたってところだろうなあ」

「そんな暢気な……!? それってつまり、年末年始伊勢に行かないと駄目ってことなんですか!? ああん、まだおせちだって完成してないってのに……!」

出雲の場合はまだ時期が決まっている分だけまだマシだったけれど、この忙しい時期に急に「当番だからちょっと来て」って、横暴以外の何物でもないでしょうが。

あたしが憤慨していると、烏丸さんは「そこまで伊勢もひどくはないだろ」と言う。

「年神さえ送ってしまったら、年を迎えるのはここの神域でできるだろうさ。そこは心配しなくってもいい。おせち料理だってここで食べれるだろう」

「言うのは簡単ですけど……!」

横暴! なんで神格の高い神様って、こうも偉そうなんだ、こっちの都合はまるっと無視して……っと、そこまで考えて気が付いた。

御先様、その手の神様のこと本気で嫌がっているから、久しぶりに機嫌を損ねてるんだろうけれど、行って大丈夫なのかな? あの人、出雲の神在月でも他の偉い神様と関わるのが嫌で、宴の広間に顔を出さなかった。それくらいに、苦手だったと思うんだけど。

「あのう……伊勢に行かないといけないっていうのはわかったんですけど、御先様は大丈夫なんでしょうか? 偉い神様に軽んじられるのが嫌なんですよね……?」

そうおずおずと口にしてみると、ようやく食事を終えた烏丸さんは「んー……」と言いながら、箸を置いた。

「大丈夫だと思うぞ、伊勢に関しては。あそこの管轄は女神のはずだから」

「あ、それだったらちょっとは安心です」

出雲に行ったときのあれこれを思い返して、あたしは頷く。男神様たちは、どうにも面子ってものを気にし過ぎるせいで、当たりがずいぶん悪かったと思う。でも、女神様は男神様よりもマシだったはずだ。

だとしたら、出かける前に御先様の機嫌を直して、さっさと用事を終わらせて帰ればいいのか。あたしはそうひとりで解決して食器を積み上げて立ち上がり、兄ちゃんのほうに振り返る。

「あっ、兄ちゃん。甘酒つくりたいんだけど、酒粕もらっていい？」

「ん？　別にかまわないけど」

あたしは食器の片付けを終えてから、酒蔵まで酒粕をもらいに行くことにした。酒蔵に入ると、樽の下でくーちゃんが丸まっていた。くーちゃんはなんでも発酵できるので、普段から酒蔵を根城としている。餅が溶けたようなどろっとした姿のくーちゃんは、強い発酵臭を漂わせながらなにか言いたげな顔をしてこちらを見上げていたので、とりあえず手を振っておいた。

＊＊＊＊

勝手場に戻ると、あたしは作業に取り掛かる。

酒粕を鍋に入れて水で少し割り、生姜の搾り汁を加え、弱火にかけながらよく混ぜる。

花火はそれを不思議そうな顔で見上げていた。

「なんだい、またかんみをつくるのかい?」

「甘味というか。甘酒だよ」

本当は甘酒は夏に飲むのが一番いいらしいけれど。冬場でも飲めるんだったら飲んだほうがいいと思う。酒粕は発酵食品だから、栄養価は高いし、なによりも温まるから。

あたしは人肌になるくらいまでぐるっと鍋をかき混ぜながら、湯飲みにこぼれないように注いだ。

花火への賄いはどうしようと考えた末、酒粕に生姜の搾り汁を足して、甘酒よりもどろっとしたものをあげる。あげてから花火の火が消えちゃったらどうしようとハラハラしたけれど、花火はそれをぺろりと平らげて「んまーい」と言ったので、あたしはほっとした。

「伊勢に行かないと駄目なんだけど、御先様がまた機嫌損ねちゃったから、甘酒を持って話を聞きに行こうと思ってさ」

あたしがそう言うと、花火は「ゆめまくらのあれかぁ」と間延びした声を上げる。

「花火は伊勢に行ったことあるの?」

「あるぞー。あそこでとしがみにもみくちゃにされた」

「花火をもみくちゃって……そもそも、年神って豊穣神の種……なんだよね?」

「あいつら、じぶんかってだからきらいだぁ……」

そう言って花火まで拗ねてしまったので、あたしは困り果てて、とりあえずもう少しだけ酒粕をあげると、それをまた花火はもぐもぐと食べて、ケプッと息を吐き出した。

「りんもいじめられないように、きをつけるんだぞ」

「んー……ありがとうね」

偉い神様と普通の神様は、考え方がそもそも合わないみたい。豊穣神になるはずの年神がどんなものなのかは、あたしにはわかんないんだけれど。

広間のほうへと向かうと、付喪神たちが今日もあちこち歩いているのとすれ違う。境では正月飾りを準備していたけれど、こちらでは特に用意するつもりはないらしい。代わりと言ってはなんだけれど、餅つきの準備をするために、臼《うす》と杵《きね》をよいしょよいしょと運んでいる蛙の付喪神とすれ違った。いつ伊勢に出発するのかわからないけど、鏡餅の準備は兄ちゃんに頼んでから行かないとなあ。

そう思っている間に、広間の前に辿り着いた。

御先様、朝みたいに出かけてないといいけれど。あたしはそう思いながら、襖の前に座り息を吸った。

「御先様、今よろしいですか？」

そう声をかける。返事はない。また出かけてるのか。一瞬そう思ったけれど、しばらく経ってから声が返ってくる。

「何用だ」

あ、今日はもう用事がないみたい。ほっとしながら、あたしは言葉を重ねる。

「甘酒をお持ちしました。よろしければいかがでしょうか？」

「入れ」

「ありがとうございます」

襖に手をかけ、中に入る。

広間は火鉢のおかげで寒さは和らいでいるものの、御先様はピリピリした雰囲気を保っている。雷を落とすほどの癇癪まではいってないけれど、いつ爆発してもおかしくない状態だ。

多分、これは付喪神たちが気を遣い過ぎて近寄らなくなってしまうやつだなあと、あたしは悟られない程度に溜息をつく。

「甘酒、こちらに置きますね」

「……ふん。……本当に、そちはなにかあったらすぐに甘味を持ってくるな」

湯飲みに入った甘酒を、御先様はちらりと見たあと、それに手を伸ばした。あたしは向かいに座りながら、考えあぐねていたことを口にしてみる。

「あのう……出雲のときと同じく、伊勢行きも断れないんですか？」

「断れぬ。今までは神格が落ちていたがゆえに、免除されていただけなのだからな」

「年神を配るっていうのが、全然わからないんですけれど」

「伊勢では豊穣神の種を育て、年が明けるまでに日《ひ》ノ本《もと》各地に送り出す」

「はあ……全国にですか？」

「いや、目印を掲げた人間の家だけだ」

目印っていうのは、正月飾りってことでいいのかな。境でつくった門松やしめ縄を思い浮かべる。まるで靴下の中にプレゼントを入れるサンタさんみたいなことを当番でやってたんだなあ、神様たちは。御先様は憮然とした顔のまま、甘酒をすする。

「……行かねばならぬだろうが。こちらにも用がある」

「あっ、朝に見ていた絵馬ですか？」

「……何度も申すが、あそこは人間が入ってよい場所ではない」

「はい、申し訳ありません」

あたしはぺこりと頭を下げる。

御先様はどうやら、年末年始で増えた現世の社の願いを叶えるために、本当ならここに残っていたかったみたいだけれど、上からの命令である以上断れないことに憤っているらしい。

ああ、そっか。あたしと怒っている内容は一緒ってことか。

「あたしだって、おせち料理まだ完成してません。早く行って、早く終わらせましょう。それなら、伊勢のほうも文句は言わないですよね？」

「……そちはずいぶんと元気であるな」

御先様は呆れたようにこちらに声をかける。

たしかにさっきまで怒っていたけど。断れないとわかった以上は、さっさと終わらせたほうが手っ取り早いかなと思っただけなんだけどな。

そう思ったことは喉の奥に引っ込めて、あたしはただニカリと笑った。

「仕事終わったあとのご飯って、おいしいじゃないですか」

ここはお酒と言うべきところかもしれないけれど、あたしはあまりお酒を飲まないせいで、その辺の感覚はわからない。

御先様はあたしの態度に「ふん」と鼻息を立ててから、甘酒を飲み干した。

「支度をせよ。明日にはここを発つ」

そう言われたので、あたしは湯飲みを受け取りながら頷いた。

＊＊＊＊

烏丸さんは年神の食事の世話役としてあたしが呼ばれたって言っていたけれど。

あたしは荷物の中に教本を入れながら、首を傾げる。一応神様の食事を世話するってことは懐石料理みたいなものをつくるのかな。でも年神って、日本全国に送り出すんだよねえ。その神様たちのぶんをつくらなきゃいけないとなったら、正直きついと思う。あたしは出雲で一ヶ月間、宴の料理番をしていたことがある。その宴は全国の神様が年に一度集まる、それはそれは盛大な宴会なのだけど、料理番にとっては毎日毎日ヘトヘトになる日々だった。

　だからと言って、海神様が教えてくれた、偉い神社でお供えされているって言われる神饌をつくれって言われても、つくったことないし困るなあ。出雲のときは各地の料理番が集められていたけれど、今回はどうなっているんだろう。

　それに、伊勢の神域がどんなところなのかも気になる。

　伊勢って言うと、お伊勢参りくらいしか思いつかないけれど、ここよりも格式が上みたいだしなあ……どうなることやら。

　あれこれと考えながらも、あたしは荷物をまとめる。

　鞄をきゅっと詰めたところで、庵さんの献立ノートを文机に立てかけたままなのが目に入った。うーん、これどうしよう。烏丸さんは受け取ってくれないし……。

　考え込んだ末に、鞄の中に押し込んでおくことにした。もしかしたら、向こうでの料理に役に立つこともあるかもしれないし。あたしはノートを入れた鞄を背負って、小屋を出る。おせちの準備が間に合う頃までに、帰ってこられるといいなあと、思わず遠い目をしながら。

　勝手場に寄って花火を連れに行こうとしたとき、兄ちゃんがひょっこりと現れた。そこで一瞬あれ？　と思う。普段の兄ちゃんはこの時間、発酵臭を纏っているのに、今日はそれがないのだ。

あたしの違和感に気付いていない兄ちゃんは、ひょいと床の貯蔵庫を開けてくる。中にはおせちに入れる予定の黒豆や数の子と一緒に、保存食が置いてある。

「りんー、俺らは留守番だけど、おせちの材料以外は食っちまってもいいいんだな？」

「あ、うん。今回は本当に急だったから、あんまり保存食はないけれど、大丈夫？」

一応味噌床には魚を漬けているし、貯蔵庫には魚の干物もある。氷室姐さんのところに行けば野菜もあるし、大丈夫だと思う。

兄ちゃんは普段から肴の用意をしているから、料理が全くできない烏丸さんよりはマシだとは思う。勝手場のあれこれを兄ちゃんが使えるのかなあと心配になったけれど。そんな心配をよそに兄ちゃんは貯蔵庫の中身をガサガサ漁って、さっさと干物を手にしていた。

「おっ、結構いろいろあるな。ご飯はその釜を使えばいいんだよなあ？」

「うん、そうだよ」

「この辺はいつもやってることだしな。だから、安心して行けよー」

あたしと兄ちゃんがしゃべっている足元で、花火は肩を怒らせていた。いや、花火の肩がどこかなんて知らないけれど。パチンパチンと火花を弾けさせたあと、花火はぽんっとふたつに割れた。

「りんー」「りんー」

分裂した花火はそれぞれ火花を散らす。花火の半分にここに残ってもらえば、ここの神域の火の世話も問題ないだろう。

あたしはちりとりに薪を載せると、かまどの下で丸まっている花火の片方に向かって屈んだ。

「花火、伊勢に行くけど、いいかな？」

「いいぞー……あそこのとしがみ、いじわるだけどなあ」

「そればっかりだねえ。ほら」

あたしがひょいとちりとりを近付けると、ふたりに割れてひと回り小さくなった花火が、ちょこちょことちりとりの上に乗った。もうひとりの花火は、そのままかまどの薪の上に乗ってこちらに手を振っている。

「いってらっしゃーい。おせちはたべたいから、それまでにかえってこいよー」

「はあい。早く終わるよう祈っててね」

あたしは残ってくれる花火に手を振りつつ、兄ちゃんに「こっちのことよろしくねえ」と声をかけた。

兄ちゃんは片手を上げて「おーう」と間延びした声を上げる。

「んー……前から思ってたけど、兄ちゃんなんかあった？」

「別にないって」

兄ちゃんは手をひらひら振ってばっさり否定しただけで、答えてくれる気はないみたい。

やっぱりはぐらかされている気がする。そういえばくーちゃんもなにか言いたげにしてたような。それも関係あるのかな？

気になってはいるけれど、伊勢から帰ってきてからゆっくり話を聞こうと思う。

鞄を背負いなおして花火と一緒に御殿の入り口に出ると、既に牛車《ぎっしゃ》が来ていた。豪奢な装飾がとても美しい。

細やかな金の細工が屋根に施され、簾が垂れ下がっているもの。おとぎ話「かぐや姫」のラストでかぐや姫が月に帰るときに乗っていたやつと言えば、イメージが掴みやすいかもしれない。

御先様は既に牛車の前に出ていた。

「あの、御先様。今回ってあたしもこっちに乗るんですか？」

あたしはちりとりを牛車のほうに向けて聞いてみたら、御先様はちらっとあたしのほうを見る。

「牛車はこの一台しかない」

「あ、そうなんですね」

「早《はよ》う乗れ」

「……はい」

御先様が乗り込んだのを確認してから、あたしもそれに続く。豪華な牛車の中は、ご丁寧に畳が敷き詰められていて思っていたよりも広いから、長時間座っていても大丈夫そうだ。あたしには場違いなその内装に、いちいち「うわあ」と馬鹿みたいな声を上げていたら、そのまま簾が下がり、牛車はゆるゆると動きはじめた。

「ぶもう」と牛の鳴き声が聞こえはじめ、かたかたと鳴っていた車輪の音が聞こえなくなる。きっと今、この牛車は空を飛んでいるんだろうけれど、あたしは簾の隙間から外の景色を楽しむ気にはなれなかった。

「伊勢に着いたら、いいように使われる。今の内に休んでおけ」

御先様はそう言いながら、側面にもたれかかって眠る体勢に入るので、あたしはちりとりの上の花火と目を合わせる。

「そんなもんなの？」

「おーう……あそこにいくとくたびれちゃうんだぞ」

そう言って、花火まで目をとろんと閉じてしまったので、あたしはなんとも言えなくなる。仕方ないから、あたしも側面にもたれかかって、目を閉じることにした。

＊＊＊＊

目を閉じていただけなのに、気付けばすこんと眠ってしまっていた。

意識がふっと浮上する。少し冷えた空気に思わず「くしゅん」とくしゃみをする。牛車の振動は相変わらず緩やかだ。

あたしは目を擦りながらもたれていた姿勢を正すと、既に御先様は起きて簾の向こうを眺めていた。

を開く。


「目が覚めたか」

　こちらを向かずにそう言うので、あたしは「おはようございます」と慌てて挨拶をする。

ちりとりの上では、花火が鼻提灯をつくって眠っている。鼻がどこにあるのか知らないけれど。そして、今更夢枕の話を全部はしていなかったことに気付いて、「ええっと」と口を開く。

「そういえば、夢枕のことですけど」

　夢に出てきた子供としゃべった内容を話すと、途端に御先様が顔をしかめる。だから、
御先様はどうして変にわかりやすいの。あたしはそれを見て慌てて一気にまくし立てた。

「その子、どうもお腹を空かせていたみたいで、それで泣いてたみたいなんです……」

　そこまで聞いて、御先様は目を細める。

「そち、まさかとは思うが、夢の中でなにかしゃべってはおらぬだろうな?」

「夢の中の出来事なんて、あたしにはどうすることもできませんってば!」

　神様は夢を連絡網に使っているみたいだけれど、現世の人間はそんなことできないんだってば。御先様はじっとりと目を半眼にしてこちらを見てくるもんだから、あたしは口を尖らせて答える。

「……探し出して、ご飯をつくる約束をしました……」

　あたしがそう言うと、御先様は呆れたように溜息をついた。またそれかあ。あたしは思わずむっとしていたら、御先様が口を開く。

「恐らくは、それがそちを呼んだのだろう」

「ええっと……？　年神を面倒見るためにあたしが呼ばれたんじゃ……？」

「料理番のいる神域なんてそんなに多くない。あとはそちを呼び出した伊勢のに聞け」

そう機嫌悪そうに御先様は再び視線を逸らしてしまった。

そう訝しがっている間に、御先様は姿勢を正した。

「そろそろ着く」

「えっ……？」

あたしは簾の隙間から外を覗き込む。綿入りの割烹着の上にダッフルコートを羽織っているけれど、冷え込みがコートの隙間から滑り込んでくるような気がして、思わず襟元を押さえる。

外のふわふわとした白に目を奪われる。雪の結晶があちこちを舞っているのだ。見下ろすと、辺り一面は鎮守《ちんじゅ》の森なのだろうか、緑に覆われていて、ひどく神秘的な光景に見える。

そして森の奥。まっ白な霞の向こうに、鳥居が見える。でもあたしの知っている鳥居と違う。朱く塗られたものや、石でできた白いものではなく、その鳥居は木の色をそのままに、つるりとしたものだった。

牛車は滑るようにして鳥居の前に停まり、簾が捲れ上がった。

御先様がゆったりと降りるのと、ちりとりの上で眠っていた花火が鼻提灯を割って起きるのは、ほぼ同時だった。

「んあー……もうついたのかい?」

「おはよう。伊勢だってさ」

「ふわー……」

花火があくびしているのに笑いながら、あたしは鞄を背負って、ちりとりを持って降りる。

芯から冷え込む寒さは、この神域の神格の高さのせいなのか、師走の気候のせいなのか。身をぶるりと震わせると、鳥居の向こうから誰かがやってくるのが見えた。

「ようこそいらっしゃいました。御先殿、りん殿」

そう声をかけてきた人を見て、あたしは思わず目を見開いた。

頭に花を飾り、着物に袴を合わせ、ふわふわとした羽衣《はごろも》を纏っている。女神特有の造形の麗《うるわ》しさを惜しむことなくさらしている人。

この人は知っている。出雲の神在月の際に、女神様のお茶会を主催していた花神様《はながみさま》だった。

あたしはちりとりを持ったまま、ぺこんと頭を下げた。

「こ、こんにちは! お久しぶりです!」

「いえいえ。今回は本当にいい方がいらっしゃってちょうどよかったです」

「まさか花神様が、ここの神域の女神様とは思っていませんでした」

「私はこの神域の管理者みたいなものですから。現世ではそうですね……宮司と言えばわかるでしょうか？」

「……なるほど」

前に教えてもらった話だと、日本書紀や古事記で知られているような有名な神様も、神域では真名を隠しているから誰がどんな神様かわからないらしい。だから花神様にはじめて会ったときもどれだけ偉い神様かわからなかった。

花神様はころころと笑っている。対して御先様は憮然とした顔のまま、彼女を眺めていた。

「して、年神は？」

「皆いらっしゃいますよ」

「そうか」

なんかこのふたり、会話になっていない……。

一瞬呆気に取られたけれど、あたしは気になっていたことを口にしてみる。

「あの、年神様を各地に送る役割をすると聞きましたけど、それっていつまでになりますか？　年越しをここで迎えないといけないとなると、困るんですが……！」

そうあたしが声を上げると、花神様がくすくすと袖で口元を押さえて笑う。あたし、笑われるようなことを言った覚えはないんですが。

「ひとまず、立ち話もなんですから、おふたりをご案内しますね。こちらへどうぞ」

そう言って花神様はくるりと背を向け、ゆったりとした足取りで歩きはじめた。あたしはちらりと御先様を見ると、御先様は花神様を半眼で見つめるばかりだった。

「行くぞ。さっさと用を終わらせたいならばな」

「あ、はい。でも、本当になんの説明も受けてないんですけれど……年神様を配るっていうのは……」

「言葉で説明するよりも、見せるほうが早いからであろう」

そう素っ気なく言われてしまい、あたしはなんにも言えなくなった。

＊＊＊＊

鳥居を抜けて、御殿に入っていく。普段御先様の御殿を歩けば、付喪神たちとすれ違うけれど、ここでは全然そういうのとはすれ違わない。

使用人みたいな人もいないのに、どうやってこんなに綺麗に保っているの？　廊下は不思議と埃ひとつ見つからない。

でも、人でも付喪神でもないものとすれ違うことがある。それは光の玉だったり、火の玉だったり。これらに神域を掃除したり見回ったりするシステムがあるのかもしれないなあと、思いながら歩いていたら。

静かで荘厳な御殿に似つかわしくない、ドタドタとした足音が聞こえてきたのに、あたしは「あれ？」となる。この音はなんだか、懐かしい感じがする。

花神様は口元に笑みを湛えたまま教えてくれた。

「あちらが、年神が集まっている部屋です。皆健やかに育っています」

「あの……あたしは年神のことを、豊穣神の種のようなものと聞いていたんですけれど」

広間らしい部屋の襖が、音も立てずにするりと開いた。見えたのは青い井草の匂いがする畳敷きの部屋を走り回っている、たくさんの子供の姿。

あたしはその光景に唖然としてしまった。

それの面倒を見ている女の人たちは、女神様なんだろうか。唐衣《からぎぬ》を着て皆花神様のようににこにこしている。絵本のようなものを広げて読み聞かせをしていたり、一緒に鞠を蹴って遊んでいたり、カルタをして遊んでいたり。

あたしは唖然とした顔のまま、花神様を見ると、彼女はにこにこしたまま頷いた。

「ええ、育てば豊穣神として、いずれかの社に宛がわれるであろう存在が、年神ですよ」

「聞いてないんですけれど！　子供の姿だなんて！」

「あら、年神があなたを呼んだのではないんですか？」

そう花神様に指摘され、あたしは「うぐっ……」と喉を鳴らす。烏丸さんの説明で、あたしはてっきり付喪神みたいなものだと思っていた。人間の子供みたいなのがこんなにいっぱいいるとは思っていなかったんだけどな……。

見回してみると、どの子も、夢で見たような半尻を着た、髪をふたつの輪っかに結っている子供ばかり。あたしを呼んだあの子は、年神様だったのか。でも、夢で見た黒目がちな目が印象的な子は、この中を見渡しても見つからない。

「あのう……あたしの夢枕に立った年神様、あの中にはいないんですが……」

人数が多いから、てっきりあたしが探し出すのが下手なのかとも思ったけれど。一応実家の食堂の手伝いをしていたんだから、人の顔は忘れないほうだ、これでも。

あたしがきょろきょろと年神様たちの中から夢で会った子を探しているのに、花神様は「あらあら」と頬に手を当てる。

「ええ、りん殿をお呼びしたのは、問題の子のためですから」

そう花神様が笑いながら言うので、あたしは憮然とする。

この人、薄々そうじゃないかと思っていたけれど。基本的に優しいけど、とんだ食わせ者じゃないのか。そうは思ったものの、こっちも約束している訳だから、その子に会わないといけない。神域で約束を破るということは、死を意味する。

御先様は年神様たちをちらっと見たあと「して」と口を開く。

「問題というのは？」

「ええ、あの子は、食事ができませんの」

「食事ができないっていうのは……？」

そういえばあの子、夢で言ってなかったか。お腹空いたって。食事ができないってどういうことなんだろう。

「そろそろ食事の時間ですから、ご覧になったらわかりますよ」

するると、女の人たちがしずしずと膳を運んでくるのが目に入った。膳に載せられているのは魚に、ご飯、塩が添えられた野菜、果物……。花神様は膳に載ったものを眺めながら「ええ」と続けて教えてくれる。

「基本的に、伊勢ではきちんとお供えされるようになっております。それを担う役割が現世にきっちりと存在していますから」

なるほど。

御先様の神域ではあたしが御先様に料理をつくって出しているけれど、御先様は別にあたしがつくったものが体にいいから食べている訳ではない。

神様が食べるのはお供えする心。信仰心を食べているのだ。いくら豪華な料理を出しても、そこに神様に対しての感謝だったり祈りだったりが入ってないと食べられない。

ずらりと広間いっぱいに並べられた膳の前に、年神様たちが座る。どの年神様も、手を合わせて「いただきます」と言いながら愛らしい仕草で食べはじめた。毎日悩みながら料理しているあたしからしてみれば素材そのままじゃないかと思っているものでも、年神様もおいしそうに食べている。ちゃんと信仰心のあるお供えものだからだろう。

花神様は「ですが」と口を開く。

「りん殿をお呼びしたのは、問題の子が、食事をうまくできないからです」

「あのう……その食べられないっていうのが、よくわからないんですが」

「人がましいということであろう」

あたしの疑問に、御先様が答える。人がましい？

振り返って御先様を見上げると、御先様の視線の先には年神様たちが映っているのに気付いて、視線を追う。

よくよく観察してみると、年神様たちは子供の姿の割には皆お行儀が大変いいということに気が付いた。見た目だけで判断すると、六歳前後の子供だ。これが人間だったら、はしゃぎ回ってご飯をなかなか食べようとしない子もいれば、ご飯で遊んでしまう子もいるはずだけれど、そんな子はひとりもいない。

悪戯《いたずら》をすることもなく、静かに食べている。

御先様は続ける。

「稀《まれ》にいる。人がましいがために、神の作法に慣れぬものが」

「つまりは……その子があたしを呼んだということですか？」

「はい。この神域には料理番はおりません。私たちも現世から送られたものをそのままいただいております。このままでは、あの子を年神として配ることもできませんし、あの子もお勤めを果たす力が出ません」

ああ、そういうことか。いきなり年神様にご飯を用意しろと言われても、「いったいどうしろと？」と困ってしまうけれど、ご飯を食べない子にご飯を食べさせてほしいということだったらわかる。

あの子が「さびしい」とわんわん泣いていた理由は、信仰心を食すことができないってことなのかな。あたしは花神様に「事情はわかりました」と頷く。

「それでは……問題の子に、会うことはできますか？」

「はい、こちらですよ」

そう言って、花神様はあたしたちを先導しはじめた。

彼女のあとをついて行くとき、隣で御先様が面白くなさそうな顔をしていることに気付く。その様子を見て、あたしは口を開いた。

「御先様、ここで年神様の面倒を見る当番は、やっぱり嫌でしたか？」

「我の料理番をいいように使う態度が気に食わぬだけだ」

ああ……御先様らしい。この人は自分よりも、自分の周りの人が振り回されることを嫌う神様だった。だから偉い神様からいいように思われないこともあるみたいだけど。

御先様も神格が戻ってきたのなら、もうちょっと自己主張はっきりしてもいいと思うし、できれば他の神様とも仲良くして欲しいんだけれど。難しいかもなあ。

あたしがそう思っていると、花神様はくすくすと笑う。御先様に堂々と「気に食わない」と言われても、この人はどこ吹く風だ。

「仲がよろしいですね。人がましい、とも言えるんでしょうか」

「なにが言いたい」

御先様が嫌そうな顔でそう返すので、あたしはあわあわとする。わざわざ来た先で喧嘩しなくってもいいじゃないかと思ったけれど、花神様のほうがさっさと「お気に障ったのでしたら申し訳ありません」と引く。

「ただ、人がましい御先殿でしたら、あの子のこともわかってあげられるのではないかと思いました。それだけです」

「というのは？」

あたしは花神様のほうを見ると、彼女はにこやかな笑顔そのままに、ゆったりと歩いていく。

「伊勢の神では、あの子のことを理解してあげたくてもできませんし、あの子を年神として勤めを果たさせることしか、できませんから」

そうさらりと言うので、あたしはなんとも言えなくなった。

御先様はもともと神様ではないからという意味なんだろうか。他の神様は、どこから来てどうやって祀られるようになったかなんて考えたことなかった。あたしが会ったことのある偉い神様は本当に神様の枠組みでしか物事を考えなかった。そこから抜け出して違う枠組みの人に寄り添うことができないのかもしれない。

あたしがそう思っていたところで、長い廊下を抜けた。

目の前に広がる景色を見て、あたしは「ここは……」と思わずつぶやいたら、御先様がこちらを見下ろしてきた。

「なんだ？」

「ええっと……夢……夢枕の場所とおんなじだと思いまして」

廊下を抜けた先に見えるのは、鬱蒼《うっそう》と生い茂る竹藪だった。霞の中でも竹の緑が美しく映え、その中でテーンテーンと音が響いている。

花神様が、そちらに声をかける。

「坊《ぼう》、神饌の時間ですよ」

その声が届いたのか、テーンテーンという音が途切れた。そしてこちらのほうに転がってきたのは、派手な模様が施された鞠だった。蹴鞠をやっていたのかもしれない。さっき広間で他の年神様たちが遊んでいたように。

「おなかすいた」

霞の向こうからふてぶてしい声が聞こえてきて、あたしは思わず「あ」と声を上げる。

夢枕で、あたしに向かってさんざん泣いていた子供の声と同じだ。

花神様は困ったように眉を下げる。

「あの子は、神饌を食べることができないせいで、ずっとお腹を空かせて、神饌の時間だと呼んでも、あんな態度になってしまうんです」

「そうなんですね……ええっと、年神様のことは、坊と呼んでも大丈夫なんでしょうか？」

「どうぞ。あの子たちにはまだ名前がありません。これからつくこともあるでしょうが、今は便宜上そう呼ぶしかないんですよ」

なるほど……。神域では名前ルールがあるから、迂闊《うかつ》に名前をつくって呼んじゃいけないみたい。あたしはそう理解して、声を上げる。

「坊！　約束どおり来たよ！　ご飯つくるから、いらっしゃい！」

声をかけると、てくてくとこちらに足音が響いてきた。竹藪から出てきた子は、やっぱり夢で見た、黒目がちな瞳が印象的な、頭をふたつの輪っかに結い、若草色の半尻を着た男の子。

その子はこちらを警戒するような目でじぃーっと見上げたあと、ぷいっと花神様のほうを向いた。

「このふけいなやつが、りょうりばんか？」

ふけい……不敬か？　呼んだのはあんたじゃなかったのか。あたしが呆気に取られていたら、御先様はあたしにぼそりと口を開く。

「見目で童《わらべ》か大人か考えるのは早計だ」

「え……？」

「あれはそちよりもよっぽど年を食っておる。付喪神だって物が百年経たないと神にはならぬ」

そうしれっと言われてしまい、あたしは思わず坊のほうを見る。

坊は花神様には懐いている印象だけれど、どうやらあたしには上から目線だ。……夢で何回も泣きわめいていたのは、どこの誰だ！　そう突っ込みを入れたくて仕方がなかったけれど、怒ってもしょうがない。

やらなきゃいけないことを、こちらもやるだけだ。

……それがたとえ、正月の一週間前だとしても。

第三章

御先様はしばらくの間、坊と待ってくれることになった。

「御先様、坊のこと、泣かせないでくださいよ……」

「別に問題はなかろう。して、そちは食事の用意ができるのか？」

坊は御先様にも舐めた態度を取るんじゃないかとハラハラしていたけれど、意外なことに御先様と繋いだ手をぶらんぶらんと振って上機嫌でいる。そしてさらに意外なことに、御先様もそこで顔をしかめたりせず、穏やかな表情で坊にされるがままになっていた。

これなら、料理ができるまでは大丈夫かな。そう安心し、あたしは胸をとんと叩く。

「頑張ります」

「……気合でするものでもなかろう」

「気合入れないとなんもできないじゃないですか。それじゃ、行ってきまーす！」

あたしは御先様に挨拶を済ませると、ひとまず客間にダッフルコートと荷物を置かせてもらって、花神様に勝手場に案内してもらう。

花神様は廊下を歩きながら、御殿の説明をしてくれる。廊下に面した庭の奥に見える物々しい建物を指さして「あれが食糧庫です」と教えてくれた。

「食糧庫に置いてあるものは、全て使ってくださってかまいません。どうぞ坊に食事をお願いします」

「わかりました」

「今の季節は、お供えもよいものが届いておりますので」

案内された勝手場を見て、あたしは「わあ……」と声が弾んだ。

普段あたしが使っている勝手場は使い込まれてあっちこっちが古くなったり黒ずんでいたりするのに対して、ここの勝手場はどこまでいっても新品そのものなんだ。清潔もとおり越してしまえば無機質になってしまうけれど。というか。ほとんど誰も使ってないような……？

三人くらい入ったらもう手狭になってしまううちの勝手場と違って、ここは広々としていて、ホテルの厨房みたいなのに。

あたしは花火をかまどに入れて、薪をくべながら聞いてみる。

「伊勢って歴史のある神域だよね？　まさかこんなに綺麗な場所だなんて思っていなかったんだけれど」

あたしはあちこち調理器具の場所を確認しながらそう言うと、花火は火の粉を飛ばしながらゆっくりと教えてくれる。

「ここのかってばはほとんどつかわないからな」

「やっぱりここも料理番はいないんだね」

「ここのごはんは、ぜーんぶ、じきゅうじそくだ」

自給自足って……年神様たちが食べていたものも全部？

豊岡神社と比べたら、ここはなにもかも桁外れだ。とりあえず、花神様が教えてくれた食糧庫に、あたしは材料を探しに出かけることにした。

埃ひとつ落ちていない木目の綺麗な廊下を通り抜け、食糧庫に入って、あたしはしばらくそこの荘厳さに目を見開いていた。

食糧が積まれている棚からぷんと香るのは桐の匂い。

そしてときおりふわふわと出現する泡のようなもの。その泡の中に食材が入っていて、それが棚の所定の位置にちょん、と収まる。これらは現世の神社に供えられたものだろう。

棚に入ったものを見て、また目を見張る。

高級食材とされる伊勢海老やあわびが桐の器に入れられている。こんなものまで奉納されるんだ……。お米や塩も並んでいる。これまで自給自足していると考えると、いったい伊勢はどうなっているんだろうとスケールの大きさに思わず頭を抱えてしまう。

こんなところまで格が違うなんて……。

しばらく開いた口が閉まらなかったけれど、はっと我に返りとりあえず、献立を組み立てないとと、あたしは置いてあるものを眺めながら考えはじめる。

それにしても。坊になにをつくればいいんだろう。素材がいいから、はっきり言って塩を少し振って煮るだけ焼くだけでも充分おいしい。でも……。

あのふてぶてしい坊の顔を思い浮かべながら、ついつい考え込んでしまう。なんであの子は、出されていた食事を食べられなかったんだろう。

白飯が好きじゃない？　魚も嫌い？　野菜や果物も食べられない……。

偏食？　そう一瞬考えたけれど、思い出したのはあたしがはじめて御先様に食事を用意したときのことだ。あのとき、あたしは神域に来たばかりで右も左もわかっていなかったからとはいえど、きのこ出汁オンリーの味噌汁に岩魚の塩焼きなど、見た目が地味なものを出して、御先様に不満げな顔をさせてしまった。「地味」を連呼されたのは、今でも胸に刺さっている。

……あれか？　見た目で食欲をそそればいいのか？

発想が単純かもしれないけれど。まずは食欲をそそる見た目になる献立を考える。神様と人間は違うのかもしれないけれど、インパクトを与える方向にしようか。

あたしは、ざるの上に伊勢海老を載せた。ずしりと重く、殻も分厚い。伊勢海老料理の経験はそこまでないけれど、見た目のインパクトは充分だと思う。それに海老は身が甘くって、殻からもいい出汁が出る。

次に魚を探すことにした。魚は旬のものが取り揃えられているようだ。鯛などの高級魚ばかりだったらどうしようと思っていたら、意外と庶民的な魚も奉納されているようで、鯖《さば》を見つけてほっとする。

油揚げ、大根、小松菜、ネギ、柚子をぽいぽいとざるに載せ、お米と調味料ももらっていく。これで大丈夫かな……。気を揉みながら、勝手場へと帰ると、勝手場で花火がくるんと丸まって待ってくれていた。

「としがみがよろこびそうなこんだてはできたかい？」

「うん、一応考えてみたけどねえ。でも自信はないよ」

そう言いながら、あたしはまな板を用意し、材料を洗いはじめる。

米は洗って、釜にセットする。花火に「もうちょっと水に浸したら炊いてね」と言ってから、鍋をふたつ用意し、どちらにも水を張っておく。ひとつは沸かして、もうひとつのほうは昆布を浸しておく。

次に大根の皮を剝いて拍子木切り、小松菜はざく切りにする。ネギは斜め切り。柚子は皮を剝いて千切りにし、果汁も搾っておく。

さて、伊勢海老だ。あたしはこれをまな板に置いて、思わず「わあ……」と声を上げる。少し力を入れて触ってみると、殻の向こうに弾力のある身が詰まっているのがわかる。筋肉の量が多いと、切るときに弾力で包丁を跳ね返される恐れがあるから、ここは慎重に刃を入れる。中央から尾を包丁でざくりと縦に切り、引っくり返したら、今度は頭も同じように縦に切っていく。そして背ワタと砂袋を竹串を使って取り除く。

昆布を浸しておいた鍋に伊勢海老を入れて、花火に「中火にして」と指示を出す。沸騰してきてアクが出てきたら、それを取っていく。

花火は鍋の中のものが気になるようで、火花を散らす。

「これ、なににするんだい？」

「味噌汁だよ」

アクが取れたら火を弱め、伊勢海老に火が通るまで煮る。最後に味噌を溶いて、ネギを入れてさっと火を通したら、火を止めてもらう。

あたしは恐る恐る伊勢海老の味噌汁を味見してみる。

ときどき海老の殻で出汁を取るけれど、伊勢海老を出汁に使うなんて贅沢なことはしたことがない。でも。こんなに深い旨味が出るものなのかと驚くほどにおいしい。なにより海老味噌の香ばしい匂いが本当に食欲をそそる。

鯖はひと口大の大きさに切ってから、生姜の搾り汁とみりん、醬油を合わせたタレに漬けておく。

油揚げはお湯をかけて油抜きをし、ひと口大の大きさに切ってから、小松菜と一緒に出汁で煮て、醬油と酒で味を付ける。

ある程度時間を置いておいた鯖に片栗粉をまぶし、それを油で揚げる。

大根を塩もみしてから、柚子の皮、柚子の果汁と合わせて混ぜる。

「もっとすごいごちそうをつくるのかなあとおもったけど。ふつうなんだなあ」

花火があたしがつくったものを眺めながらそう言うのに、あたしは「うん」と頷く。

「年神様の食事を見ててね。あれを食べられないのはなんでだろうって考えたんだけど、もしかして、匂いがないのが問題なのかなあと思ったの」

「においかい？」

「うん」

神域によってどういうルールがあるのかはわからないんだけれど。さっき見た食事からはご飯の匂いしかしなかった。

花神様から坊は「人がましい」と指摘されていた。ならば人間の子供だった場合はどうだろうと考えてみた。人間の子供はご飯の匂いだけだったらつらいんじゃないかなあと思ったのだ。御先様は子供じゃないとは言っていたけれど、やっぱり坊は子供みたいなもんなんだよなあ、多分。

人間の子供は白飯の味がわからなくって食べるのに飽きてしまい、全部食べ切れない子がいる。

「あの子、別に食事自体ができない訳ではないと思ったんだ、お腹空いたってずっとあたしの夢枕でも訴えていたしね」

「そうかい？　でもまあ……」

花火はひくひくと鼻を動かした。どこに鼻があるのか知らないけど。

ご飯、鯖の竜田揚げ、小松菜と油揚げの煮浸し、大根と柚子の小鉢、伊勢海老の味噌汁。

小松菜と油揚げの出汁の匂い、竜田揚げの生姜の匂い、柚子の酸っぱい匂いに、伊勢海老の濃い匂い……。匂いだけだったら、問題はないと思うんだけれど。

花火にひょいと竜田揚げをあげると、花火は目を細めて「んまーい」と口を動かしながら、こちらをちらっと見る。

「としがみがなっとくしてくれるといいなあ」

「なによぉ、そもそも花火、ずいぶん年神様のことを警戒してるけど、今のところなにもされてないじゃない？」

あたしがそう言うと、花火に「りんー、いずもでやられたことわすれてないかい？」と突っ込まれて、言葉を詰まらせる。……たしかに、意地の悪い神様にいいようにされたことは覚えてるけどさあ。

「としがみをこどもあつかいしたいりんのきもちはわかるぞ。だからこそだ」

花火は脅かすように声を潜めてくる。

「こどもは、じこちゅうしんてきなものだからな、それはにんげんもかみもかわらないんだぞ」

花火のぴしゃりとした指摘に、あたしは押し黙る。子供が自己中心的って、わかってはいるつもりなんだけれど。大人の物差しや都合なんて、子供は知らないもの。大人だって子供の都合は忘れてしまっている。それが神様だったらなおさらでしょ、あの人たち、人間よりずっと長生きだから。

あたしは膳にできた料理を載せて、それを運ぶ。

他の年神様たちの食事は桐の箱に詰められていたけれど、それはせずに、食器を探してそれぞれに盛った。これで大丈夫かなと思いながら、坊の下へと向かう。

坊の面倒は御先様が見てくれているようだけど、御先様が坊相手に怒ってないといいな。少し不安になりながら広間に着いたとき。

御先様と坊が向き合ってなにやらしているのに気が付いた。てっきり坊がお腹を空かせてもっと不機嫌になっているかと思っていたけれど、坊は子供特有の甲高い声を出して、御先様と楽しそうに遊んでいる。

「これとこれ！　これとこれ！」

「探すのが上手いな」

「みたらわかるぞ」

なにをやっているのかと注意深く見てみると、絵が描かれた貝を床に並べて、ふたりで取り合いをしていた。ルールはよくわからないけれど、二枚一組の柄の貝の取り合いをしている。神経衰弱みたいなゲームらしい。

やがて食事の匂いに気付き、坊は目を細める。

「においがする！」

その反応にあたしはそっと息を吐く。もしかしたら予想は当たっているのかな。

御先様はこちらのほうにちらりと顔を上げてきた。

「できたのか」

「はい。御先様の食事は少々お待ちください……はい、坊。ご飯ができたよー」

貝を潰してしまわないように、あたしは並んだ貝から離れた場所へ膳を置く。すると坊はぴゃっと膳の前に走り出そうとした。それを御先様がそっと半尻の襟首を捕まえて止める。坊が首根っこを御先様に掴まれて、ぴしゃんと畳に前のめりにこける。坊はむっとした顔で御先様を振り返るものの、御先様はいつもどおりの態度だ。

「貝を片付けよ」

御先様が静かにそう告げると、坊がむくれた顔をして、唇を尖らせる。

「えー……ふだんはにょうぼうがかたづけてくれるぞ」

はあ？　この子、子供の姿でもう女房……奥さんがいるの？　あたしは口を開けてぽかんとしていたら、御先様がぼそりとあたしに言う。

「女官《にょかん》のことだ」

「へ？　ああ……そうですか」

そういえば高校時代に日本史で勉強したような気がする。たしか、貴族のところで働いている女の人を女房と呼んでいたはずだ。だとしたら、さっき他の年神様たちの面倒を見ていた女神様のような人たちが女房になるのかな。

御先様に「ぶれいだぞ」と唇を尖らせる坊に、御先様は「これでは料理番に示しがつかないであろう？」とゆったりとした口調で説き伏せる。その言葉で、坊は渋々と貝を集めて、入れ物に片付けはじめた。

意外だ。御先様が子供の扱いに慣れてる。驚いたけど、この人も神格が落ちてなかったときは、普通に現世に出て人間の言動に耳を傾けていたという話を思い出す。参拝客の親子のやり取りも見ていたのかもしれない。

ようやく片付けを終えた坊は「かたづけたぞっ！」と言いながら、膳の前に座って興味ありげに膳の上に並ぶものを見た。

「これはなんだ？」

そう指を差していく。やっぱりというべきか、神饌以外の料理は見たことがないんだろうな。

「伊勢海老の味噌汁です。味噌汁はわかりますか？」

「しる？　さけではなく？」

警戒している坊に、あたしは首を振る。

「お酒ではないよ」

「ならのむー！」

伊勢海老をたっぷり使った味噌汁だから不味くはないはずなんだけれど、坊の口に合うのかな。そう思ってハラハラしながら見守っていたら、坊は一気に汁をすすってしまった。

「うまい！」

そう言って目をキラキラさせるものだから、あたしはほっとする。思ったとおり、この子は食べるのが嫌いな訳ではないんだな。でも。それならなんで今まで食べなかったんだろう。やっぱり匂いとか……見た目？

坊を観察してみても、いまいち理由はわからないでいると、少し引っかかることがあった。

この子、一度もお椀の具に箸を付けていない。

「あの……具は食べないのかな？」

そう聞いてみると、坊はきょとんとした。

「どうして？　これはしるではないのか？」

「味噌汁は具も一緒にいただくものだから……」

「しょくじは、しんこうをしょくせばいいのではないのか？」

これは……。あたしは頭を抱えそうになる。

こんな高級食材、うちの神域だったらまず手に入らないし、なによりもこれって現世の伊勢の人たちが用意してくれたものだ。こんなにもったいない食べ方されたら困る。

注意すべきか？　これが親戚の子だったら「もったいない！」とお尻のひとつでも叩くかもしれないけれど、この子は年神様で、伊勢の管轄の子なのだ。その子を叱ってしまっていいもんなの？

あたしがうだうだと考えている間に、坊は「これは？」と元気に指を差す。

「これは鯖の竜田揚げね……」

「そうか！」

そう箸を使って竜田揚げを摑む。意外なのは、この子の箸の使い方はすごく綺麗なことだ。御先様も箸の使い方は丁寧だし、神様はマナーがいいのかな、と思っていたら。

坊は目をピンッと吊り上げた。

「しーおーかーらーいー……！」

「へぁ!?」

そのひと言に、あたしは素っ頓狂な声を上げる。ちょっと待って。塩辛い？　タレに使ったのは醤油とみりんで、漬けていた時間だってそこまで長くない。

坊はさらに目を吊り上げて「ひどい！」とあたしに言ってくる。

「さけもからいし、さかなもしおからいし、きらいだ！」

「ちょっと待って、あたしは酒なんて使ってない……」

「きらいだ！　ひどい！　ひどい！」

そのまま箸を放り投げると、ぴゃっと広間を飛び出してしまった。

って、ちょっとどこ行くの!?　あたしは慌てて追いかけた。年齢はあたしより上だとしても、背丈はあたしよりもずいぶんと小さい。だからすぐに追いつくと思っていたけれど、甘かった。

あの子の足はやけに速い。人間の子供の速度とは比べ物にならない。

「ちょっと……！　どこに行くの！」

「きらいだー！　ごはんくれない！」

「だから！　料理を用意したのになにがどうして……！」

だんだん息が切れてきた。普段から重労働しているからといっても、高校の体育を最後に、まともに運動なんかしていない。

お腹が痛くなって、喉も痛くなって、足も痛くなってきたとき、廊下が途切れ、辺りは竹藪に囲まれた。坊はハードル跳びの要領で藪を軽くピョーンピョーンと跳んでいってしまった。あたしは竹藪に引っかかってまともに進むことができないっていうのに。

「ちょっと！　待ちなさい！　ご飯はどうするの！」

もう坊は返事をしてくれない。だんだん茂みの音も、足音も、坊の泣き声も遠くなっていくのに気付く。

ちょっと待って。あの子マジでどこに行ったの。

だんだん顔が青くなっていくのを感じていると、背後から衣擦れの音が聞こえてきた。

「あらあら、困りましたねえ」

花神様が袖で口元を押さえながら、竹藪の向こうを眺めながらやってきたのだ。口調はいつもどおりの穏やかそのものなのだが、それが余計にあたしの肝を冷やす。

いろいろと説明したいことがあったけれど、息が切れてまともにしゃべることができない。

あたしがまともに口がきけないことを知ってか知らずか、花神様が爆弾発言をしてくる。

「あちらは、現世ですのに。あの子、放置して変質してしまわないといいんですけれど」

「は、はい……？」

「神格が落ちたら、邪神《じゃしん》になってしまうと、聞いたことがありませんか？」

花神様が穏やかな口調で物騒なことを言うので、あたしは喉を抑える。

……それ、神隠しされたときに烏丸さんから聞いた。御先様の神格が落ちてそうなりそうって言っていた。

ようやく絞り出せた声は、ずいぶんとしわがれていた。

「待ってくださ……あの子は年神で、豊穣神では……？」

言葉がまともに出てこず、あたしがはくはくと口を開閉させていたら、花神様が続ける。

「年神はまだ神格が低いので、すぐに変質してしまうんです。ですから年神は代々神格の高い神域に預けられて、形を定めてから各地に派遣されるのですが、あの子はそもそも食事をまともに摂っていませんでしたからねえ……信仰を得られていません」

あーあーあーあー……。

信仰を得られない神様は、神格が落ちてしまったり……邪神になってしまったりする。邪神になってしまった神様の住む土地は穢れて人が住めなくなってしまうとは、前に烏丸さんから聞いたことだ。伊勢の神格は相当高いんだろうから、土地が穢れたりすることはないだろうけど、坊が変質してしまう可能性は残っている。

「あ、あの！　あたし、現世に捜しに行っていいですか!?　このまんまあの子が変質してしまうのは……まだあの子にちゃんとご飯、あげられていないのに！」

「そうですね、あの子がお腹を空かせているのを見兼ねて、あなたを召喚しましたのに、それが原因で年神が変質しては意味がありません。お願いしてもよろしいですか？」

「は、はい……！」

でも、ここであたしは気が付いた。

どうやって現世に行けばいいんだろう。そもそもたったひとりで、どうやって坊を捜し出せばいいんだ？

「あ、あのう……案内してくれる方って、いないでしょうか……？」

あたしが花神様にそう聞いてみたら、花神様は輝く笑顔で答えた。

「そういうものはおりません」

知ってた。神様って面子を気にする割には、アフターケアとか気配りが全然ないって、知ってた。あたしはがっくりとうな垂れつつ、ひとまずダッフルコートを取りに走ることになった。

＊＊＊＊

ダッフルコートを羽織り、竹藪に踏み入った。花神様も竹藪の向こうが現世だと言っていたから、奥まで進めば行けるはずだ。

夢で何度か通ったことのあるこの竹藪も、実際に通るのははじめてだ。芯から冷え込む藪の中をしばらく進むと、神域を覆っている霞が途切れた場所が見えてきた。……現世だ。

あたしは急いで駆けていった。

途端、緑が目を奪った。

静謐《せいひつ》な空気が漂っていて、ここは神域だっけ現世だっけと一瞬わからなくなる。

でも。木の鳥居が見えるし、人の足音も聞こえる。日は暮れかけていて、大きな木の下にいると影が落ちて、余計に底冷えする。さらに吹きつける冷たい風に、あたしはコートの裾をぎゅっと摑んだ。

ここは現世なんだろう。でも……。

あたしはきょろきょろと辺りを見回す。境内？　一瞬そう思ったけれど、拝殿も見つからない。

とにかく、坊を見つけないと。あたしは手をメガホンのようにして声を出した。

「坊ー、坊ー」

あたしは声をはりあげながら、辺りをさまよいはじめた。

年の瀬だからか、思っている以上に人が多い。観光客かな。きょろきょろとしながらしばらく歩き回っていると、海外からの観光客の人に捕まって、写真を撮らされたりする。

さらにあたしがうろうろとしながら「坊ー」と声をはりあげているので、ときどき「どうかされましたか？」と声をかけられたり。親切はありがたいけれど、答えられる訳もなく、あたしは「すみません！」と言って逃げ出すことしかできなかった。

あぁん、ここだとあたし、ただの不審者だよう。でも坊が神社から離れてしまったらアウトだ。早く見つけないといけない。

寒いし、ここがどこだかわかんないし、だんだん暗くなってくるし。あたしもだんだん泣きたくなってきた。

　そのとき、バサリという音が耳に入ってきて、思わず顔を上げた。目に飛び込んできた人に、きょとんとしてしまった。

「よっ。ずいぶんひどい顔してるなあ、りん」

　その姿を見て、安心感が胸を満たした。

　烏丸さんが飛んできてくれたのである。

「烏丸さぁーん！　坊が！　いなくなっちゃって……！」

　あたしがまくし立てると、烏丸さんが「まあまあ、落ち着け」と頭を撫でてきた。

「事情は御先様からの伝令で聞いてるよ。俺がこんな場所に来られるのも、特別許可だしなあ」

「ああ……そうですよね」

　恐らくは、花神様が御先様に許可を出してくれたんだろう。他の神様の神域に無許可で進入したら、面子がどうのこうので怒られるだろうから。

　あたしは一度深呼吸したあと「ええっと」と烏丸さんに説明をする。

「年神様って、どういうところに隠れるんでしょうか？　あたし、全然伊勢のこととか、神様のこととかってわからないんで、大声で呼んで捜すことしかできなかったんですけど」

「うーん、そうだなあ」

　烏丸さんは辺りをちらっと見る。

普通なら神社に修験者服を着て羽が生えている人がいたら目立ってしょうがないはずなのに、誰も目に留めない。たしか烏丸さんは、神域の関係者か霊感が強い人にしか見えないはずだ。

傍から見たらあたしがひとりでしゃべっているようにしか見えない。完全に不審者なんだけれど、誰もこちらのほうに目もくれないのは、そろそろ日が沈むから、暗くて見えないんだろう。

「御先様からの情報だと、その坊って呼ばれている年神、ずいぶんと人がましいなあ」

花神様が言ってた言葉だ。それにあたしは頷く。

「人がましいって……それで神饌が食べられないとは花神様も言ってました」

「人がましいってことは、精神年齢は子供と変わらないんだろうな。恐らくまだ遠くには行ってないだろうから、そんなに心配するな。ほら、捜しに行くぞ」

そう言って烏丸さんがあたしの頭をポンッと叩く。あたしは頷いた。

「はいっ」

泣きたい気分は晴れてくれた。

しかし……伊勢の神社の敷地には、たくさん社があるもんなんだなあ。祠《ほこら》みたいなものや小さな社がぽこぽこ目の端に入る。

参拝客たちは、それぞれの社に手を合わせに行っているみたい。薄暗くなってきた神社を背景に写真を撮っている人たちも見受けられる。

あたしが引き続き坊を捜してきょろきょろしながら、かんかんと橋を渡っていると、前から来る人とぶつかってしまった。尻餅をついてしまい、「いだっ!?」と悲鳴を上げる。

「ご、ごめんなさい！　ちょっと急いでまして」

「いえ……こっちこそごめんなさい……あれ？　りんさん？」

「はい？」

突然名前を呼ばれて戸惑う。ここは現世のはずだ。りんと呼ばれる訳は……。

顔を上げると、あたしと同じくとまどった顔をしているのがわかる。

ダウンコートの下からロングスカートとブーツが見える服装をした……庵さんだったんだ。

庵さんは困ったように眉を下げてあたしを見下ろし、手を出して起こしてくれる。

「庵さん！　お久しぶりです！　どうして伊勢に!?」

「はい、ひとり旅行中なんですが……。りんさんこそ、どうしてこんなところに？　神域に戻ったんじゃなかったんですか……？」

「ええっと……いろいろありまして、今はちょっと伊勢の神域に出向していました！」

「出向……？」

あぁん、いろいろ説明しないといけないのがややこしい！

あたしが説明できずにあわあわして、隣にいた烏丸さんを見ると、烏丸さんも驚いたように目を丸くしていた。

「庵？」

「あ……」

途端に庵さんは顔をぱっと手袋で包まれた両手で隠してしまう。

「お、お久しぶりです！　な、んねんぶりですか」

「そんなに経ってないと思うがなあ。久しぶり。元気そうで安心した」

「そ、う、ですか……」

庵さんは片言で、かろうじて見える場所を全部真っ赤にしてしまってうろたえている。

対して烏丸さんはというと、懐かしいものを見る温かい態度だ。

突然少女マンガみたいな状況になったことに、あたしは思わず脱力するけれど、そうじゃなくって。

「庵さん！　今でも烏丸さん、見えるんですよね⁉」

あたしが空気を読まない発言をすると、庵さんは下を向いたまま頷いた。

「え？　はい……見えますよ」

「やった！　あの、ここで再会したのもなんですが、助けてくれませんか⁉」

庵さんがきょとんとしている間に、あたしはあわあわと要領を得ない説明をし、烏丸さんがあたしの簡略し過ぎた説明に補足を加えてくれた。庵さんも少しずつ落ち着いてきて、あたしたちの話を全部聞き終えると、だんだん目が輝いてきた……。って、なんでそこで喜ぶの。

「そうだったんですね……年末年始で、年神様を迎えるという儀式はあちこちで行われますけれど、それを送り出す神様もいたなんて……！」

「ひとまずは坊を捜さないと、駄目なんで……」

「そうですね！　捜しましょう！」

庵さんは途端に元気に背筋を伸ばす。

うん、協力してくれるのは嬉しいんだけれど。でもなあ……。庵さんはうきうきとした様子で「外見的な特徴はどんな子なんですか？」と言ってくれたので、あたしは坊の格好を手振り身振りで伝えながらも、疑問が浮かぶ。

今って現世も年の瀬のはずだ。庵さんの仕事も、そろそろ休みに入っていてもおかしくないはずだけれど、どうして伊勢にいるんだろう？　年末年始は、どうしてもお寺も神社も混雑する。

寺社巡りが好きな人が、わざわざ混んでいる時期に有名な神社に来るのかな。もっと空いている時期を狙って回りそうな気がするんだけれど。あたしの考え過ぎなのかな。

喉に引っかかっている違和感をどうにか飲み干すと、庵さんは今度は烏丸さんから年神様の特徴を聞き出して、ふんふんと頷きながら、「それじゃあ」となんの迷いもなく歩きはじめた。

間章

あの子が竹藪を抜けていった。我は音の途切れた竹藪をじっと見ていた。そんな我を見て、伊勢のは袖で口元を押さえてころころと笑う。

「今回は災難でしたね」

そう悪びれもなく言う。

災難なのは我ではなく、あの子であろう。

本来、伊勢の当番に年神の世話は含まれておらぬ。ただ伊勢で保護されている豊穣神の種である年神を、年の瀬に日ノ本の各地に配るのが本来の仕事だ。

あの「坊」と呼ばれる年神は、好き嫌いは人の子とほとんど変わりがない。人がましい年神の扱いに手をこまねいた結果、我をここに呼ぶというのは、たまたまあの子を知っていたからであろう。

「あまりあの人の子をいいように使うな」

あの子はたしかに対価は必要なかろう。人間は善意とか好意とかいうものだけで動けるものらしい。だが、いいように使われ過ぎれば摩耗する。

あの子は自分の限界を、あまりわかっておらぬようだ。だから、厄介ごとに巻き込まれても、見て見ぬふりができぬ。

だが行き過ぎれば、擦り切れて動けなくなる。

伊勢のはころころと笑う。女神というのは、何故こうも笑顔で情を隠す真似をするのか。能面のように表情を押しつぶしてくれたほうがまだよかろう。

「本当に御先殿も人がましい方ですね」

「なにが言いたい」

「いえ。神が人の子を好きなのは当たり前なことですが、度が過ぎれば離れがたくなりますよと思っただけです」

馬鹿なことを言う。

女神という生き物は、どこからでも平気で懸想《けそう》沙汰にしようとするものらしい。伊勢のは我が目を細めたことに気付いたのか、ひとしきり笑い声を上げたあと、ようやく口元から袖を離した。

「神域には神域の理《ことわり》が存在しますが、それで坊が取りこぼされなくてよかったと、そう思うだけです。りん殿には感謝しているのですよ、これでも」

我は、答える言葉を持たなかった。

大きな神域というものには、格式が存在するし、面子というものが存在する。どれだけ力を持つ神であっても、無視することはできぬ。

対価は過不足なく支払わなければ、やがて身を滅ぼす。年神の役割を果たせない年神は、本来ならば切り捨てられてもしょうがなかったところを、あの子が来たことで停まったのだから、年神の保護をしている伊勢のからしてみれば安心したのであろう。

人がましい願いを持てども、それを面に決して出してはいけぬ。

神というものはそういう風にできている。

第四章

　ここがどこかはよくわからないけれど、また鳥居が見えてきたので、あたしは「あれえ？」と首を捻った。鳥居って入り口にあるもんじゃないの？　通過地点にも立っているような。

　あたしが首を傾げていると、庵さんが言う。

「今から潜るのは第二鳥居ですね。奥にあったのは第一鳥居です」

「ええっと……敷地内に、鳥居って何個もあるもんなんですか？　すみません、神社のこと、よくわからないので」

「そうですねえ……鳥居は神域を区切るものだとはご存知ですか？」

「前に烏丸さんから聞いたような、聞いてないような」

　しめ縄とか鳥居で、神域を区切っているという話は聞いたことあるような気がする。庵さんは頷きながら答えてくれる。

「ここは日本でも有数の場所です。昔は一般人の参拝はできなかったんですよ。江戸時代からようやく一般人も参拝できるようになったんです。そんな格式の高い神社なんです」

「格式ですか……」

「そうですね。あとこちらには伊勢の土地神様が祀られていますから、それに対する配慮、かもしれません」

「というと……？」

あたしが烏丸さんに助けを求めると、烏丸さんは「あー……」と口を開いた。

「今、伊勢を治めているのは天照大神《あまてらすおおみかみ》とされている。この偉い女神と、この土地に元々いた神、どちらにも配慮しているという訳だな」

「なるほど……鳥居がふたつあるのも、通る神様が違うから、でしょうか？」

「恐らくは。諸説ありますが。それで思ったんです。年神様も、次期豊穣神だとしたら、土地神様を祀っている場所にいらっしゃると思うんです」

日本神話のことも、神社のこともよくわからないけれど。どちらにも詳しい人が一緒だと心強い。庵さんが確信を持って歩きはじめて二十分とちょっと。すっかり辺りは暗くなってきて、ライトアップされていく。着いた先はちょうど光で照らされた社だった。

森の中にひっそりとたたずむ建物は、ライトで照らされていても少し暗い。社は木造で、その前に建つ鳥居もまた木でできていた。

砂利を踏みながら、あたしたちは辺りをきょろきょろと見回る。

「ここ……にいますかね？」

「ここは土宮《つちのみや》と言います。この辺り一帯の土地神とされている神様が祀られている場所になります。ここにいなかったら、あとは一般客では立入禁止の場所になってしまいますから、私にはお手伝いできませんね……」

伊勢には今も一般客立入禁止の場所があるらしい。もしそこにいるなら、烏丸さんに行ってもらって捕まえてもらうしかなくなるけれど。でも伊勢の宮司さんが烏丸さんに気付くかもしれないし、もしそうなったら大騒ぎになってしまう。ここにいてくれたらいいけど。それに一般客禁止の場所ってどこなんだろ。

木に覆われたこの一帯は、暗くなると目が利きづらい。

「あのっ……一般客立入禁止の場所って……？」

「ええ、御饌殿《みけでん》です」

「みけでん？」

一瞬頭に三毛猫があくびしている姿が浮かんだけれど、多分そういう場所じゃない。あたしがわかってない顔をしているのに気付いて、庵さんはすぐに補足をしてくれる。

「天照大神のための神饌をつくっている場所になるんですが」

庵さんの言葉に、あたしは伊勢の神域の勝手場を思う。坊はお腹が空いているけれど、現世の伊勢から送られてくる神饌を食べられなかった……だから、多分そこじゃない。

あたしは庵さんの直感にかけてみる。手をメガホンにして、声を張り上げた。

「坊ー！　坊ー！　お腹空いてないー!?　あんたの口に合わなかったのなら謝る！　またいちから考える！　だからー！」

お腹が空いたら力が出ない。

それは、どんな神様も一緒のはずだ。御先様だってずっと不機嫌だったし、坊もただでさえお腹が空いていたところに、好きじゃないものを出されたから、癇癪起こしちゃったんだ。

でも、わかんない……なにがそんなに駄目だったんだろう。あの子から聞き出さない限りはどうしようもない。

烏丸さんが「ちょっと飛んで上から見てみる」とばさりと羽を広げて飛んでいった。あたしがさらに声を張り上げていると、庵さんもライトアップされた土宮の付近を歩き回って捜してくれる。幸いというべきか、参拝客もそろそろ帰る時間なんだろう、人がいなくて、まわりを気にせず捜すことができた。

やがて……ガサリと音がした。それに庵さんはビクンと肩を跳ねさせる。

「ほんとうに、ごはんちゃんとつくってくれるのか？」

ふてぶてしい顔をした坊が木影から現れた。半尻は走り回って茂みの中に隠れたりしたせいなのか、土で汚れてしまっている。あたしはその姿を見て慌てて「坊！」と叫んでかけより、抱きかかえて、土をパンパンとはらった。

「ごめんねえ……あんたが味噌汁はおいしく飲んでくれたから、慢心してた。でも、でも、味噌汁の具はおいしくなかった？　食べたくなかったの？」

「なんで？　みそしるはのんだぞ？」

「うーんとね。具も味噌汁って料理の一部なんだよ。それを残すってことは、ご飯をつくってくれた人や、ご飯の材料をお供えしてくれた人に対して、失礼になるんだよ。たとえば、坊が御先様と一緒に遊んでいた貝。それを掃除するのに邪魔だからって捨てられちゃったら、悲しいよね？」

「そんなことするやつはいないぞ!?」

「うん、でもね、うーんと偉い神様にとっては、それほど大事じゃないかもしれない。だから『この貝邪魔』って思ったら捨てちゃうかもしれない。あんたにとって大事なものは、人にとってもそうだとは限らないの。それと同じで、あんたにとっては大事じゃないものでも、他の人にとっては大事なものかもしれない。味噌汁の具もね、痛い思いしたりして用意したものなんだよ？」

あたしが屈み込んで顔を覗き込むと、坊は神妙な目でこちらをじっと見てくる。

「いたいって……おまえはりょうりつくるとき、いたいのか？」

それでようやく坊はふてぶてしい黒目がちな目で、こちらをじぃーっと見てきた。それにあたしはどう答えようと思いながら、坊に頷く。

「そうだね。料理をずっとしてたら、手が切れることはあるし、腰だって痛くなる」

料理なんて体力仕事だ。夏は火の近くにずっといたら熱くってしんどいし、水を張った釜も鍋も重いし、うっかり足元に落とそうものなら悲鳴を上げるほどに痛い。当たり所が悪かったら骨折しちゃうもの。包丁を使っていれば手を切ることだってあるし、水仕事を続けていれば手が乾燥してきてささくれができたりする。指の股が切れたりすることなんてしょっちゅうだ。

料理をしたことがない子に、そんなことを言ってもわからないかもしれないけれど、この子がいつか豊穣神になってどこかの神社に行くとき、人の願いを無下にする神様にはなってほしくないなあと思ったんだ。

伊勢で田畑の世話をしている人や、塩をつくっている人、魚を獲ってくる人だっている。その人たちのつくったものを、ちゃんと食べられるようになってほしいなあと思う。その人たちは、あたし以上に痛い思いをしているはずだから。

坊はしばらくこちらを見上げてから、あたしの手を取った。

「……わかった。たべれたらたべる」

「うん、そうだね。坊が食べられるものができるよう、あたしも頑張る」

あたしはそう言いながら、つないだ坊の手を上下に振った。坊は安心したのか、目を細めたあと、そのままくったりと眠ってしまった。……って、おーいおーい。

「眠っちゃいましたねえ。現世に出て走り回って、疲れたんでしょうか？」

あたしと坊のやり取りを邪魔することなく聞いていた庵さんが、そう言いながらあたしにぶら下がって眠っている坊を見る。仕方がなく、あたしはおんぶするけれど、どうにも頼りなくって落ちそうだ。それでも、寒い夜に坊の体温は温かい。

「庵さん、本当にありがとうございました。あたしだけでは、こんな広いところから捜し出すなんて無理でした」

「いえ……私は単純にここじゃないかなと思っただけで。もし御饌殿のほうに年神様が行っていたらまだ見つかってないはずですから」

「本当に、助かりましたよー！」

あたしはそう言いながら、よいしょよいしょとずり落ちそうな坊をなんとかしょいなおすと、庵さんは「それに」と付け加える。

「最後に烏丸さんに会えて、よかったです」

そうしんみりとした口調で言うので、あたしは思わず目を瞬かせる。

彼女は空を仰いでいる。ライトアップされているとはいえど、どこを烏丸さんが飛んでいるのかはわからない。もう坊は見つかったから、そろそろ戻ってきてもいいんだけれど。

彼女の横顔を眺めていると、さっきの疑問がまた浮上してきた。

……庵さん。どうしてこんな時期にひとり旅していたんだろう？

「あの、庵さん……」

「はい？」

庵さんは穏やかに笑っている。さっき見せたしんみりとした態度が嘘のようだ。……うん、これはあたしが聞くべきことじゃなくって、烏丸さんが聞くことだよね。

出てきた疑問はもう一度飲み込んで、全然違う話をしてみる。

「天照大神って、あたし。ちっとも知らなくって。神域の神様って全員名前を伏せているから、多分会っても気付かないでしょうね」

「そうですね。神様の特徴って、古事記と日本書紀でも記述が変わっていたりしますから、一概にこの神様はあの神様ってわからないかもしれません」

さすがは庵さん。小説書くために日本の神話のこともちゃんと調べてるんだな。古事記と日本書紀の違いすらわかっていないあたしはそう感心していたら、庵さんは「それに」と唐突に振り返る。

「この辺りの女神様は天照大神ではなくて、豊受大神《とようけのおおみかみ》ですよ?」

「えっ?」

誰、その神様? あたしがあわあわとしていたら、庵さんはあたしがわかっていないのに気付いたのか言葉を付け足してくれた。

「正確には、天照大神を祀っている場所はもうちょっと歩いた先なんです。こちらは豊受大神の管轄ってだけで」

まだわかっていない顔をしているあたしに、庵さんは「すみません、うまく説明できるかわからないんですが」と前置きした上で、教えてくれた。

「豊受大神は、天照大神の食事を用意する女神なんです。天照大神の料理番だと言えば、イメージできますか?」

「ああ、それだったらなんとなく」

「豊受大神は天照大神の近くに社を構えて、食事を運んでいるという訳です」

「ああ……天照大神用の御饌殿が豊受大神の敷地にあるのは、そのためなんですね! でも意外です。女神様が女神様の料理番をしているなんて」

たしかに年神様の世話をやっていた女房たちも、女神様だったみたいだし、女神様にもランクがあるんだろうけど、それが日本神話として残っているのが不思議だった。それに庵さんは「そうですね」と笑う。

「元々は、豊受大神も、伊勢からの夢枕に立たれたんだそうですよ。『寂しいから来て欲しい』って」

「あれ……夢枕って、そんなことで来たんですか？」

あたしが坊に夢枕に立たれて、わざわざ伊勢まで来ることになったのとおんなじだと、拍子抜けする。神話になっている話と同じだなんて。庵さんは真っ暗な空をもう一度仰ぎながら、言葉を続ける。

「もしかしたら、りんさんが料理番に選ばれたのだって、あながち偶然ではなかったのかもしれないですね」

「ええ……？　あたしが伊勢に呼ばれたことですか？」

「それもそうなんですけれど、りんさんが御先様に選ばれたことが、ですよ」

いきなり話が飛んで、あたしは思わず目を見開く。

あたしが御先様に選ばれたなんて思ったことはなかった。偶然豊岡神社で烏丸さんに会ったから連れ去られたと思っていたんだけど。

「豊受大神は元々豊穣の女神で、伊勢以外にもいろんな場所に社を構えていますし、いろんな愛称で呼ばれています。一番有名なのは豊受姫で、豊岡姫《とよおかひめ》なんて呼ばれていることもあるんですよ」

「ん……？」

あたしは思わず喉を鳴らした。途端に坊がずり落ちそうになったので、慌ててとんとんと背中にもたれさせる。坊はむにゃむにゃとよくわからない声を出しながら、まだ眠っている。

そういえば、烏丸さんも言っていたような。元々豊岡神社は豊穣の神を祀る神社だって。目を白黒とさせていたら、庵さんは悪戯っぽく笑う。

「恐らく、豊岡神社の名前の由来も、豊岡姫からきているのだと思いますよ。天照大神と豊岡姫、御先様とりんさん、よく似ていますよね」

「……あたし、そんな大層なことはしてませんよ？」

毎日毎日ご飯をつくってはいても、それ以上のことはしていないし、していいのかもわからない。あたしがしどろもどろになって言うと、庵さんは軽く首を振る。

「私には全然できなかったことですから、りんさんはやっぱりすごいです」

そう庵さんが話を締めくくったところで、ようやくばさりと羽ばたきの音が耳に入ってきた。烏丸さんはあたしの背中に坊を見つけると、心底ほっとしたように息を吐いた。

「よかった。年神は見つかったんだな？」

「はい、庵さんが神話に詳しかったから。あたし、土地勘もないし神話も全然わからないんで、庵さんがいなかったら間違いなく迷子になるだけで終わってました！」

そう胸を張りながら、背中に負ぶっている坊をおいしょおいしょと背負い直す。烏丸さんは「そうかそうか」と言いながら、「替わろうか」と坊を背負うのを交替してくれる。体が身軽になったけれど、坊の体温が消えて少しだけ寒い。

烏丸さんは坊を負ぶいながら、庵さんのほうに振り返る。

「庵、本当にありがとう。もうちょっとで、年神を変質させてしまうところだった」

「い、いえ……本当に運がよかっただけで……」

さっきまではっきりした口調だったのが一転、庵さんはごにょごにょと言いながら、うつむいてしまう。

うーん、そりゃそうか。庵さんと烏丸さんが会うのは、数年ぶり。現世で生活している彼女は年を重ねていても、時間があやふやな神域で生活している烏丸さんはいつまで経っても年を取らない。庵さんにとってはほろ苦い思い出なのかもしれない。その思い出の人と突然再会してしまったら、どう反応すりゃいいのか、わからなくって当然か。

もうちょっと考えればよかったな。自分の気の利かなさを反省していたら、庵さんは「あ、あのう！」と口を開いた。

「……私、独身最後の旅行で、烏丸さんに会えて、本当によかったです！」

その言葉に、烏丸さんも少しだけ驚いたように目を見開いた。

さっきの庵さんの言葉を思い出す。「最後に烏丸さんに会えてよかった」って。ずっと感じていた疑問がようやく解けた。

独身最後の旅行だったんだ。

あたしはちらっと烏丸さんを見る。なんか言うのかな、そう思いながらハラハラしていたけれど、烏丸さんはいつもの調子で、穏やかに笑うのだ。

「そうか、おめでとう。幸せになれよ」

「はい……っ。私、本当に意気地なしだったから、本当に……ごめんなさい、ごめんなさい……」

そのまま、ぐしゃりと顔を歪ませてしまった。

これ以上は部外者のあたしが聞いちゃいけないやつだと、あたしは背を向けた。

あくまでこれはあたしの想像だけれど。庵さんは神域での出来事は忘れられないものだったんだと思う。あたしがお祭りしたいっていうのに協力してくれたのは、きっとけじめとか、禊《みそぎ》のつもりだったのかもしれない。自分の思い出に決着を付けるために。

庵さんは神域で暮らしていくにはあまりにも繊細過ぎた。神域は人間以外しかいないし、人間とは考え方の違うものばかりが住んでいるところだから。どんなに烏丸さんのことを気になっていたとしても、神域から逃げ出すしかなかったんだろう。

あたしの場合は、たまたま運がよかった。先に兄ちゃんがいたし、御先様があたしの出した料理を「美味い」と言ってくれたから、そこまで怖くは思わなかったもの。

それに。烏丸さんも前に言っていたことだけれど、ふたりの時間の流れは全然違う。庵さんにしてみれば、烏丸さんは過去の恋の思い出で、若かった頃の自分を知っている人だけれど、烏丸さんは違う。烏丸さんにとって、庵さんは別れた頃とおんなじなんだ。

それは多分、あたしが御先様にいつまで経っても子供扱いされているのと一緒だ。御先様の中ではあたしははじめて出会った小学生の頃となんら変わってないんだろうなと思う。寂しいとは思うけど、あの人の感覚ではそうなんだろうし。

神域にいた頃の庵さんはもういない。

今の庵さんは神域にいる頃を思い出にした庵さんであって、あの頃の庵さんは、もう烏丸さんの記憶の中にしかいないんだ。

そう考えていたところで、庵さんは「そろそろ参拝時間も終わりますから、帰りますね」とあたしに言った。

「どうか、お元気で」

「はい！　庵さんも旅行、楽しんでくださいね！」

「……はい」

庵さんは吹っ切れたような笑顔を浮かべていた。

彼女は何度も何度もこちらに振り返っては、神社の敷地から離れて行った。

あたしはようやく烏丸さんのほうを見る。烏丸さんは、遠ざかっていく庵さんの背中をじっと見ていた。坊は烏丸さんの羽に埋まってすやすや眠っている。

「あの……あたしがこういうのも変なんですけど、本当によかったんですか？」

人の恋路にどうこう口を挟めるほど、あたしだって経験はない。ただこのふたりがこのままお別れになってしまうのが、はがゆかった。

でも烏丸さんは目を細めて、本当に嬉しそうにして笑うのだ。

「安心した。俺の時を止めてしまっていないか心配したが、ちゃんと自分の時間を歩けているようだな」

「ええっと……？」

「俺にとっては、神域で過ごした時間は既に昔のことだ。俺にとっては昨日とか先週とかとほとんど変わらないんだが、人間が変わるには充分な時間だよ」

それで本当に納得してるの？　あたしは本気でわからなくって烏丸さんをなおも見ると、烏丸さんはそっと目を伏せる。

「そんなもんだよ。どうしても俺と俺では、寿命も時の流れも違うからなあ。これぱっかりはしょうがない」

こういうのを諦観っていうのかな。あたしにはよくわからない。

人間とそれ以外の存在がそんなに違いがあると思っていないからかもしれない。でもなあ……時間差だけは、埋められないということだけは痛感している。

「俺さんのノートですけど、今もあたしが預かってますけど、本当に烏丸さんいりませんか？」

「お前さんもずいぶんとしつこいなあ。あれは俺が使ってやれない。お前さんが使ってやれ。そのほうがきっと俺も喜ぶ」

「んー……そういうもんなんですかね」

そう言われてしまったら、これ以上こちらも言うことができない。

「と、とりあえず帰りましょう。ああ、あたし、ひとりだとどっちから神域に入ったのかさっぱりで！」

そう言ってあたしは烏丸さんを見上げる。

「ああ、そうだな。ところでりん。年神が逃げた原因のほうはどうにかなりそうなのか？」

「んー……これから考えないと駄目ですよね。坊が伊勢からの神饌を食べられなかったので、その原因を見つけ出さないと駄目です」

あたしはもう一度だけ、庵さんが去っていった方向を見てから、坊を背負っている烏丸さんのほうに向き直った。

……幸せになって欲しいって願うことしか、あたしにはできない。感傷に浸っている余裕はなかった。あたしにはやらないといけないことが待っている。

＊＊＊＊

白い霞を潜って、がさりとした竹藪を掻き分けて、ようやく伊勢の神域に帰ってこられた。烏丸さんから坊を預かると、烏丸さんは「お勤め、頑張れよ」とひと言かけてから帰っていった。

あたしは眠っている坊をおぶって勝手場のほうに向かっていくと、女房さんたちが慌てて寄ってきた。

「まあ、年神様！　ちゃんと見つかったんですね！」

「はい、皆さん、本当にお騒がせしましたー」

「いえいえ。私たちも困り果てていました。このまま現世に行ってもお勤めにも出せませんのに」

「ええっと……」

あたしはすやすや眠っている坊を差し出すと、女房さんが坊を抱えてくれる。寝ているときだけは無垢な可愛らしい顔をしているから、余計に憎らしくなってしまうけれど、今はあたしの感情は後回しにした。

さっきあたしが坊に出した料理だけれど。匂いのほうはクリアしていたと思う。味噌汁はちゃんと飲めていた。でも食べられないってどういうことなんだろう？　原因は神饌？

あたしが神饌を食べてみたいって言うのはさすがに駄目だよなあ。

あたしはまず、女房さんにずっと考えていた疑問を聞いてみる。

「あの、あの子が食べられないって、本当に食事を全部食べられなかったんですか？」

「はい……なにがそんなに駄目なんでしょうか。伊勢からの食事は本当に信仰の籠もったものですのに」

うん、伊勢のものは、現世でお供えをイチから全部つくってるみたいだし、そりゃ信仰が豊富なんだと思う。でも坊が食べられないってことは、別に理由がある訳で。

「本当に、ひとつもですか？　あの子、お酒が駄目とは言ってましたけど」

「駄目ですね。ご飯も駄目、尾頭つきの鯛も駄目、野菜も駄目で……あ、待ってください」

女房さんが坊を撫でながら、ふと思い出したように声を裏返した。

「果物だけは、食べることがあるんです。ただ、皮ごと食べないといけないものでは、食べないんですけれど」

「果物を？」

今日の神饌だと、供えられていたのは皮つきのりんごだったはずだ。皮ごと食べる人もいるけれど、皮は果汁の匂いが弱いし、歯を立てないと食べられない。

「あの、つかぬことをお伺いしますが、食べたのはどんな果物ですか？」

「葡萄《ぶどう》です」

「葡萄……」

最近は品種改良が進んで、皮ごと食べられるものも増えていると聞いたけれど。どんな葡萄が供えられていたんだろう。そこまで考えて気が付いた。

お酒が飲めない。味噌汁の汁は普通に飲んでた。塩辛いものは食べられない。果物は好き……。これって、神様だから年神様だからと、難しく考え過ぎた？

あたしは女房さんに「お腹空いてるでしょうから、夜食をつくっても大丈夫ですか？」と聞いてみる。

「ですが、既に食事の時間は過ぎてしまいましたし」

本当に神様って、イレギュラーな事態に弱いな!? 思わずそう突っ込みたかったけれど、それをぐっとこらえて「わかりました……」と引くしかなかった。

そのあとあたしは花神様や御先様に会いに行くことにした。

広間にいた花神様はあたしが戻って来たのにも、坊が戻って来たのにも、おっとりとした対応を取るばかりだった。

「これはこれは……坊も無事で、変質せずなによりでした」

「はあ……あのう。明日の坊の朝餉も、あたしがつくってもよろしいでしょうか？」

「もちろんです。そのためにあなたをお呼びしましたから」

そう言って花神様はたおやかに笑う。

相変わらず食えない人だなあ……そう思いつつも、この人自身も神域の面倒臭いルールから逃れられないと言っている以上、彼女自身が能動的に動くことは難しいんだろうと納得することにした。

「あの、御先様に会いに行きたいんですが、御先様はどちらにいらっしゃいますか？」

「御先殿は、中庭にいらっしゃいますよ。今は殺風景ですが」

「ありがとうございます」

あたしは頭を下げてから、御先様を捜しに行く。

花神様は殺風景だと称していたけれど、伊勢の庭は見惚れてしまうような太い木がたくさん生えていた。殺風景とは程遠いと思う。でも御先様は季節の花を愛でるのが好きだからなあ。

庭には光の玉がふわふわと浮いている。その光を頼りに御先様を捜していたら、光の玉が白い長い髪を照らした。白い椿がふっくらと咲いている、その前には。

「御先様！　戻りました！」

「……今回は、ずいぶんと早かったな」

こちらに視線を向けることもなく、そう告げる御先様。いつものことだと、あたしも言葉を返した。

「坊を捜すだけでしたから。御先様も烏丸さんを派遣してくださってありがとうございます。おかげで早く見つかりました」

「そうか」

いつものように素っ気ない口調だけれど、坊が見つかったせいなのか、不思議と機嫌のいい口ぶりに聞こえた。

そういえば、御先様はちゃんと食事を摂れたんだろうか。あたしは恐々と聞く。

「あの……つかぬことをお伺いしますが。ここに来てから、食事はちゃんと召し上がりましたか？」

あたしの問いかけに、御先様はふうと溜息を吐いた。えっ。変なことも突飛なことも言ってないぞ。なにその反応。思わずむっとしたけれど、御先様はそっと口を開いた。

「問題ない。女房から食事はもらっておる」

「よかったぁ…………」

「ただ」

「はい？」

御先様が一瞬言葉を止めたあと、ゆっくりと言葉を続ける。

「早く神域に帰りたいとは思った。そちのものが一番口に合う」

その言葉に、あたしは思わず目を剝きそうになる。これは、ずいぶんと名誉なことを言われたんじゃないだろうか。

「はい！　お勤めが終わりましたら、またつくりますから！」

背筋を伸ばし、あたしは声を張り上げた。

＊＊＊＊

次の日。日が昇る前に起きて、眠い目を擦りながら勝手場へと向かう。

外の水場で米を洗い、洗った米をざるに入れて持っていく。釜に米を入れて、鍋に昆布を水に浸けて出汁を取っていると、かまどの中で花火が丸まっているのが目に入る。

「花火、おはよう」

あたしが声をかけると、花火は眠い目を擦りながら起きた。

「むにゃ……おはよう。きのう、そとでばたばたしていたみたいだけれど、なんとかなったのかい？」

「うん。坊になにを食べてもらおうかって、ずっと考えた。馬鹿だなあ、人がましいって部分をもうちょっと考えればよかったなあ」

「ひとがましいと、たべるものがちがうのかい？」

花火は不思議そうに火花をパチンパチンと散らせる。あたしはそれに頷きながら、薪をかまどに放り込んだ。

「うん、坊は他の年神様よりも、子供舌だったんだよ」

「こどもじた？」

「子供って大人よりも舌が繊細な上に、食の経験が少ないから、苦かったり辛かったり酸っぱかったりするものは刺激が強過ぎて食べられないんだよ」

調理学校で習った話によると、大人になるにつれ味覚はどんどん鈍くなる。いろんなものを食べて、味の記録を蓄積していくから、食べられるものの守備範囲がどんどん広くなっていく。でも子供のうちは濃い味を敏感に感じて拒否したりすることもある。

子供がワサビやカラシを嫌がったり、ピーマンや茄子、トマトが嫌いな食べ物ランキングに名前を連ねたりするのも、そのためだ。子供の舌には辛い、酸っぱい、苦いは刺激が強過ぎる。

花火はそれにパチンと火花を弾けさせる。

「たべられるものがかぎられるってことかい？」

「ちょっとちがうかな。子供が一番おいしいってわかる味覚があるの。それを中心に献立をつくり直す」

「こどもじたでいちばんおいしいもの……？」

「甘い、だよ。伊勢海老の味噌汁は普通に飲めていたし、女房さんたちも、果物なら食べられることもあるって言ってた」

あたしは「材料取って来る」と花火に伝えてから、食糧庫へと向かう。

相変わらず桐の匂いが漂い、清廉な雰囲気を漂わせている食糧庫には、昨日とは違う新しい食材が増えていた。

あたしは伊勢海老と鯛、大根、ネギ、にんじん、柚子、あと調味料も持って勝手場に戻る。

大根は半分はいちょう切り、半分は拍子木切りにする。ネギはみじん切り。にんじんはいちょう切りで、柚子は皮を千切りにして、果汁は搾る。果汁には昨日よりも砂糖を多めに加えて甘めの味になるように調整しておく。

鯛は鱗を取って三枚におろし、身をひと口大に切る。残ったアラは塩もみしてからお湯をかけて霜降りにし、鍋に水と酒と一緒に入れる。いちょう切りにした大根とにんじんも加えて、花火に「火を通したいからちょっとだけ強めに火をちょうだい」と頼む。火が通ったら、味噌で味を付ける。

切り身は昆布出汁、酒、醤油と一緒に米の入った釜に加えて、一緒に炊き上げる。

さて。次は伊勢海老。昨日の伊勢海老の味噌汁は、具をちっとも食べてくれなかった訳だけれど。

気を揉みながら、あたしは伊勢海老を昨日と同じくぶつ切りにし、背ワタを引き抜いた。

そして身を殻から取り出して、ネギ、塩、味噌、片栗粉を加えて、よく捏ねる。それを小判形に成型してから、浅い片手鍋で焼きはじめる。表面を焼き付けたら、水を少しだけ加えて、蒸し焼きにする。

「これなんだい？」

花火は見たことないものに、目をパチパチとさせた。

「伊勢海老のハンバーグ風、かなあ」

猟で生計を立ててる人たちが祀っているような神社なら、肉も奉納されているのかもしれないけど、多分ほとんどの神域では、肉を入手するのが難しいんだろうな。

拍子木切りにした大根に柚子の皮と果汁を混ぜる。昨日よりも甘めな味付けを心がける。

鯛ご飯、伊勢海老のハンバーグ風、大根と柚子の小鉢、鯛のあら汁。

本当は、まっ白なご飯で、米の甘さを覚えるのが一番いいことだと思うんだけれど、米のおいしさは少しずつ慣れていけばいい。海老のハンバーグ風は、海老のぷりぷりとした食感が残っておいしいから食べやすいとは思うんだけれど、あの子は食べてくれるかな。

気を揉みながら、あたしはそれらをそれぞれ皿に盛り付け、膳に載せた。

「花火、これ大丈夫だと思う？　昨日よりはすっごく気を付けたんだけれど、いまいち自信がないよ」

あたしは伊勢海老のハンバーグ風のかけらを花火にあげながら、聞いてみる。花火はそれをもにもにと咀嚼しながら、目をくるんとさせた。

「んまいぞー」

「ああ……花火の口には合ったんだね。よかったぁ」

「りんはちゃんとしがみとはなしをしてるから、だいじょうぶだとおもうぞ？」

「ん、そうなの、かな……坊、思っている以上に子供だったから、ちゃんと話を聞けてたのかどうか、わかんないんだけど……」

「わがままだけど。おもっているいじょうによくみてるし、よくきいてるぞ。ちゃんといったんなら、だいじょうぶだ。だいじょうぶだったら、もっとまかないおくれ」

そう言って口をあーんと大きく開くので、あたしは思わず笑った。そうだね、ナーバスになっていたってしょうがない。あたしができることは料理をつくることだけだし、それだけは責任を持たないといけない。

あたしは膳を持って、「行ってくる！」と花火に言い残して、広間へと向かう。

廊下を歩けば、膳を持った女房さんたちとすれ違う。膳に載っているのは、昨日とは並びの違う野菜、果物、ご飯、酒、鯛の尾頭付きだ。

「おはようございます。料理番殿」

「あ、おはようございます！　今日も坊の朝餉を担当しますので、よろしくお願いします」

「いえいえ。私どもではとんと寄り添えぬものですので、来てくださり感謝しております」

そう言ってくれたのに、あたしは思わず目を見開いてしまった。

女房さんたちも女神様なはずなのに、わからないものをわからないとあっさり言ってしまった。その上、坊のことを切り捨てることなく案じている。

そっかあ……。あたしは安心しながら「はい」と答えて、坊へと膳を持っていった。

広間では、年神様たちが遊んでいる。昨日坊と御先様がやっていたように、貝を並べて遊んでいる子もいれば、本を読んでもらっている子、鞠を蹴って遊んでいる子もいたけれど、膳を持ってきた女房さんたちを目にした途端に、ぱっと片付けはじめた。

坊は今日はちゃんとできるだろうか。あたしはハラハラしながら坊を探す。坊は中庭に出ていた。

御先様と一緒に、テーンテーンと蹴り上げているのは蹴鞠。そして坊は、あたしを見つけた途端に目を輝かせた。

「ごはん！」

そう言って蹴っていた鞠を庭先に置いてぱたぱたと広間に入ろうとしたのを、御先様に首根っこを摑まれて止まる。

「先に鞠を片付けよ」

「えー……」

「食事に無礼な真似はするでない」

御先様がそうぴしゃりと言うと、坊は鞠を片付けると、戻ってきた。女房さんに差し出されて布巾で手を拭いたあと、ようやくあたしの用意した膳のほうにやってくる。

他の年神様たちが手を合わせて「いただきます」としている中、坊も手を合わせて、膳に手を付けはじめた。

伊勢海老のハンバーグ風を見つけると、小首を傾げる。

「これはなんだ？」

「これは、伊勢海老のハンバーグ風、です」

「はんばーぐ？」

「小判形に成型して焼いたものです。本来、肉を使ってつくるのですが、今回は伊勢海老を使いました」

「ふーん……」

坊は相変わらず綺麗な箸さばきで、綺麗にひと口サイズに切り分けると、伊勢海老のハンバーグ風を口に含んだ。途端に黒目勝ちな目をきらきらとさせる。

「うまい！」

「よかったぁ……」

あたしは胸を撫で下ろす。

ふと思い出したのは、庵さんが書いた童話のこと。あれは、ファンタジー要素たっぷりに豊岡神社の現状を伝えるものだった。うーん。あたしには話をつくる素養なんてないんだけど、少し試してみたいと思った。

あたしは幸せそうな顔で食事をする坊を見る。

「ねえ、食べながらでいいから、聞いてくれる？」

「なんだ？」

「うん、現世の話をちょーっとだけしようかなあと思うの」

「げんせの？　なんで？」

「うーんと、もうすぐ、坊がお勤めに行くからかなあ」

あたしはそう言いながら、頬を引っかいた。正月には年神様がやってくるという話。それをわかりやすく坊に伝えたいと思ったんだ。

絵は描けないいし、文も書けないけど、思いつくままにお話をつくって聞かせるのはできるかな。あたしはそう思いながら、口を開く。

「現世の話。人間たちが暮らす現世では、年の瀬になると年神様を迎える準備をはじめます。みんな年神様を迎えようと、一生懸命お掃除をしています」

人間たちが年神様を迎えるための話を、ひとつひとつ並べてみる。すると、他の年神たちも興味ありげにこちらを見てきた。それにあたしは慌てて「ごめん、食事中だよね！」と、広間に控えている女房さんたちをちらっと見る。

女房さんたちはにこにこ笑って「続けてください」と言ってくれた。もし「行儀が悪い」としかられたら、それでお開きだったんだけれど、このまま話を続けても大丈夫らしい。

あたしはほっとして、もう一度口を開く。

「お掃除を済ませたら、今度は年神様のために目印を用意します」

「めじるしはしってるぞ！　なわにめがけてとべばいいんだろ!?」

やっぱり知っているんだな。門松やしめ縄が年神様を招くための目印だっていうのを。

「うん、そうだね。年神様たちが気付きやすいよう、門松を立てて、しめ縄をかけます。目印の用意が終わったら、今度はごちそうの準備をします」

「ごちそう!?　どんなんだ？」

「黒豆を炊いて、数の子を煮て、ごぼうを叩きます。そして餅をとーんとーんとついて、準備をするのです」

御先様の神域に置いてきた完成間近のおせちを想いながら、語ってみる。坊だけでなく、他の年神たちも目をきらきらとさせてくる。

「くろまめって？　くろいまめはみたことない」

「かずのこ？」

「ごぼうたたくとごちそうになるの？」

年神様たちが口々に質問をしてくるのに、「順番にね！　順番！」とたしなめながら、あたしはひとつひとつ質問に答えていく。

「黒豆は、その名のとおり真っ黒な豆。それを、ことこと煮て甘く味付けしたものね」

「くろいの!?　のりみたいに？」

「そうだねえ。数の子は、にしんっていう魚の卵。にしんは知っているかな？」

「まえにたべたことある」

「そっかそっか。それに出汁で味付けするの。ごぼうは長い野菜ね。棒でよーく叩いてから、とことこと煮て食べます」

「おお……」

それに年神様たちが目をきらきらする。

ここでようやく海神様が教えてくれた話に合点がいった。神様は、別に豪華な食材……それこそここの食糧庫にあるような伊勢海老やあわび……が食べたい訳ではない。

年神様に出されるのは、お招きした神様をもてなす食事。信仰を食すっていうのは、こういうことなんだなあ。そうしみじみと思いながら、あたしは普段神域で働いている鍬神を思う。

「黒豆とごぼうは畑を耕して、何日も何日もかけて育てます。数の子は、海までにしんをとりにいって、にしんから卵をもらいます。野菜は毎日毎日お世話をしないとすぐに枯れてしまいます。海はいつも穏やかな訳じゃなく、ときにはざっぱーんと波に飲み込まれてしまうこともあります。皆はそれでも神様を想って、痛い思いをして、ごちそうをつくるんです」

それまで真剣に話を聞いていた年神様たちが顔を見合わせる。困っているのかな。それとも、ここで食べたものはどうやってつくっているのか知らなかったのかな。あたしが見ているると、年神様のひとりがおずおずと自分のお膳を指さした。

「これも？」

指さしたのはご飯だ。それにあたしは頷く。

「そうだよ」

「これも？」

次にさしたのは鯛。

「うん。皆が痛い思いをしながらも、年神様を気持ちよく迎えようって準備してくれたものなんだよ」

年神様たちが少し戸惑ったような顔をしながら、自分たちの膳を見下ろしはじめた。

年神様たちにとってはショックなことだったらしい。そうだね、痛い思いをして、いろんなものが回っているんだから。

あたしは最後に手を合わせて、ぺこりと頭を下げた。

「こうして、お招きした年神様に、あけましておめでとうございます。どうか今年もよろしくお願いしますと言いながら、新しい年を迎えるのです」

あたしのつたない話でも、皆は目をきらきらと輝かせて最後まで聞いてくれた。

これはあれかな。自分たちのお役目の具体的な内容も教えたのがよかったのかな。でもそういう役目だって言われても、一度行ってみないことにはピンと来ないだろうしなあ。

年神様たちが和やかな顔をして食事をしているのを見て、あたしはいつかこの子たちが人間に豊かさをもたらす神様になるんだと、しみじみと思う。

そして。坊はぱくぱくと膳の上のものも食べはじめた。隣で他の年神が出された膳を丁寧に食べるのと同じスピードで食べ終えたときには、他の年神様たちの膳の器は綺麗に空になっていた。

「ごちそうさま！　うまかった！」

「そっかあ……よかったあ。ねえ、坊。もうちょっとしたら、あんたも年神様のお勤めに向かうけれど、お勤め、できそう？」

「するぞ？」

坊はきょとんとして小首を傾げるけど、あたしは「うーんと」とどうにか言葉を絞り出す。

「そうじゃなくって、お勤め先では、あんたのためにいっぱい神饌用意してくれて、歓迎してくれるところだってあると思う。さっきの話みたいにね。でも中には、あんたの口には合わないものもあると思うけど……大丈夫？　食べられる？」

「おまえはこないのか？」

あたしを指さして言う。うーん、それ以上は残念だけどあたしの仕事ではない。

「あたしは、伊勢のお勤めが終わったら帰らないと駄目だから。だから心配なんだよ？」

ここまで言っちゃって大丈夫なのかなあとも思う。でも、あたしもずっとは伊勢にはいられない。坊は子供舌で、まだまだ大人の舌には程遠いから、余計に心配になってしまったんだ。

　あたしの言葉に、坊はしばらく黒目勝ちな目であたしをじぃーと見つめた。そのあとに、大きく頷いた。

「ちゃんとたべる。ひとがいたいおもいしたものは、たべないとだめなんだろう？」

「あ……」

　坊の言葉があたしにじぃーんと響く。それはさっきあたしが話した言葉そのまんまだ。花火も言っていたけれど、この子は思っている以上に、ちゃんと人の話を聞いているし、覚えている。

「そう！　そうなの！　ちゃんと食べてね！」

「うん」

　あたしは心底ほっと息をついた。

　軽くなった膳を引き上げるとき、花神様が現れた。神域でなにかの儀式でもやっていたんだろうか。お酒でもないし、お香でもない。不可思議な匂いを纏っていた。

　あたしの持っている空っぽの膳を見てから、にっこりと口元を綻ばせる。

「ありがとうございます、ちゃんと坊も召し上がったんですね」

「はい。あの、坊はちゃんとご飯を食べられましたけれど、神格は……」

　あたしが恐々と聞くと、花神様はにこにこと笑いながら口を開いた。

「御先殿のこともありましたでしょう？　一日や二日で神格は回復できません。が、あの子は感謝や信仰を召し上がるということをようやく学びました。神にとって、信仰をいただくということは最も大切なことですから。しかも人間であるあなたから学んだことが、最も重要だったのです」

「ええっと……それは、さすがにおこがましい、です」

思わずぶんぶんと首を振った。

ただあたしは、もったいないからちゃんとご飯は食べなさいっていう当たり前なことを教えただけ。女房さんたちだって苦慮して教えようとしたと思う。でも、女房さんたちは料理をつくらないから、教え方に限界があっただけなんだ。

それに、ただ花神様は軽く「いいえ」とだけ首を振った。

「あなたをお呼びして、本当によかったです」

そう言われてしまったら、これ以上否定するほうが失礼か。あたしは素直に「ありがとうございます」と答える。

勝手場に戻ったら、御先様に食事と、花火への賄いを用意しよう。そう思いながら、あたしは花神様に頭を下げると、急いで勝手場へと戻った。

勝手場に戻る途中で貯蔵庫に立ち寄る。大きな神社ならお供えされているかもしれない。もしかしてと思ったら案の定煎餅もお供えされていた。あたしはそれを手に取って勝手場へと向かう。

かまどで寝ている花火に「起きてー」と言いながら、あら汁を温め直し、鯛ご飯を握る。

大根と柚子の小鉢は器に入れてから、あたしは「さて」とひと息つく。煎餅をすり鉢に割り入れ、それを潰し出した。

伊勢海老のハンバーグ風のたねがまだ残っていたから、それに潰した煎餅の粉をまとわせる。それを温まった油に静かに入れて揚げる。

「それなんだい？」

「うーんと、ハンバーグ風ができるんだから、できるんじゃないかなと思ったの。メンチカツ風」

もっとも、こんなもの普通の海老だと何匹も使うし、伊勢海老なんて滅多に手に入らないんだから、うちの神域ではできない。だからここで食べてほしいなと思ったんだ。

大根をおろしてから、メンチカツ風を油から上げ、油を切ってから皿に盛る。大根おろしを添え、醤油を少しだけ垂らす。

鯛ご飯のおにぎり、伊勢海老のメンチカツ風、大根と柚子の小鉢、鯛のあら汁。

それらを膳に載せてから、あたしは御先様のいる客間へと向かう。

「御先様、食事を用意しました」

部屋の前でひと言告げる。

「……入れ」

「はい」

あたしは簾を上げてから、中へと入っていった。この辺りは襖ではなく、部屋の区切りは全部簾でしているみたいだ。

御先様は部屋に面した庭を眺めていた。庭には霞がかっていて、ただ草が冬の風にそよいでいるのだけが見える。

膳を御先様の前に置くと、御先様はそれを見る。メンチカツ風を怪訝な顔で見たので「海老に煎餅の衣を付けて揚げました！」と説明したら、それで納得したように箸で割り口に運ぶ。

「……美味い」

「あ、ありがとうございます！」

あたしはぺこりと頭を下げる。御先様はおにぎりを箸で割って食べ、こりこりと大根を食してから、ぽつんと口を開く。

「今日は大儀であった」

「え？　食事のことでしょうか……？」

「年神のことだ。説得ができたようだな」

「あ、ああ……見てたんですか……」

残念だけれど、あたしには庵さんみたいに話をいちからつくる力はない。せいぜい烏丸さんが説明してくれた話をそれっぽく語っただけだ。

そこまでうまい話ではなかったと思う。

「坊がわかってくれたのなら、あたしはそれで満足です」

「そうか」

それ以上御先様はなにも言うことはなかった。

今なら伊勢で出会った庵さんの話ができると思う。庵さんに助けてもらったこと、烏丸さんと庵さんが再会できたこと。でもなあ……。

あたしが変な顔になったせいなのか、御先様はちらりとこちらに視線を向けてきた。

「なにか言いたいことが？」

それに、あたしは首を振った。

「いえ、なんでもありません」

庵さんが結婚すること、烏丸さんがそれを知ったことは、あたしが言っていいことではない。

そう思って、ただ馬鹿みたいに笑っていることしかできなかったんだ。

＊＊＊＊

その日の夜から数日かけて、坊は少しずつ神饌が食べられるようになった。

子供舌を一日や二日で直すことは難しいとは思っていたけれど、少しずつ食べられるようになってきたんだ。

「一時はどうなるかと思いましたが、これなら坊も無事にお勤めを果たせそうです」

花神様が他の年神様たちと一緒に蹴鞠をして遊んでいる坊を見ながら、そうころころと笑う。

「あたし本当に大したことできませんでしたが、これでよろしかったんですか？」

「充分です。同じ神では、信仰を食さないと神格を保てないことは教えられても、信仰を送ってくれる人間の気持ちを伝えることはできませんから。それに、御先殿にも感謝しなければいけませんね。ひとりでいた坊と遊んでくれましたから。だからあの子はお腹を空かせて卑屈になっても、神格を落とすことがありませんでした」

「そうですか……」

年神様を各地に送る役も、他の神様や人間なら、もっとスマートにやれたのかもしれない。あたしや御先様が正解だったとも思えない。

神様と人間の感覚は違うし、押し付けになっていないかなとはついつい不安になってしまうけれど、少しでも「よかった」と言ってもらえたのなら、それでいい。

今日はいよいよ、伊勢から年神様をあちこちに運ぶ日だ。

あたしは花神様に案内してもらって年神様を見送りに向かった。伊勢の鳥居の前に、着くとそこにあるものを見てあたしは馬鹿みたいに口を開けてしまっていた。大きさは豪華客船だろうか。それくらい大きな乗り物が停まっていたのだ。それに、次から次へと年神様たちが吸いこまれるようにして乗っていく。坊ももう既に乗り込んでいるのかもしれない。

御先様がそれを眺めているのに気付き、あたしは寄っていく。

「あの……牛車で年神様をあちこちに配るとお伺いしましたけれど。これってなんですか？　こんな大きな乗り物、牛だと引けないんじゃ……？」

「牛車であるが？　我らが乗ってきたものよりもいささか大きいかもしれぬが」

「いやいやいや！　いくらなんでも大き過ぎじゃ……！」

あたしがそう突っ込みを入れていたら、御先様が牛車の前面に顔を向ける。それを見て、あたしは納得せざるを得なかった。

普段見ている牛よりも明らかに大きい牛がぶもぅと鳴いていた。お勤めのために、牛も特別な子を連れてきているらしい。

年神様たちが全員乗り込んだところで、あたしたちも乗り込む。

すると、簾は落ち、ゆったりとした振動と一緒に動きはじめた。

簾の向こうを覗き込んでいたら、牛車は霞を越えて、現世へと飛んでいく。流れる景色のスピードからすると、新幹線くらいの速さだろうか。ここに来たときの牛車の進みよりもよっぽど速く思う。

しばらく走ったら、簾が勝手に巻き上がる。流れ込んでくる風の冷たさと強さに、あたしは思わず「ひいっ！」とふるえた。そして、牛車から落ちないように、簾の反対側に寄って柱にしがみつく。すると、お行儀よく正座していた年神様たちが、次から次へと立ち上がりはじめた。

そこで、御先様が口を開く。

「次の。こちらへ」

「はい！」

その合図で小さな半尻を着た子が、まずひとりぴょーんと簾の向こうへと飛んでいった。

ええっ!?　飛んだ!?

そして御先様の「次」という声とともに次から次へとぴょーんぴょーんと飛んでいくのだ。

その光景を目のあたりにして、あたしは呆気に取られていた。クリスマスプレゼントを配るサンタさんのような絵を思い浮かべていただけに衝撃的だった。それになんだか流れ作業みたいだ。

でも。ときどき飛び降りる直前、年神様が、こちらのほうに向かって手を振ってくれる。

それに手を振り返すとき、あたしはここに来た意味があったような気がした。

おそるおそる外を見下ろすと、雪は降ってはいないみたいだ。師走でせわしない町並みから、たしかに正月を祝おうとしている雰囲気が見える。

仰々しいしめ縄や門松を用意できる家は少なくなっているのかもしれないけれど、クリスマスリースのような形にしたしめ縄飾りを飾っている家や、ミニチュアのようなサイズの門松を飾っている家が見られる。そこを目印にして次々と年神様たちが降りてきて、家の中へと入っていく。

簾の向こうに見える景色は目まぐるしく変わっていった。このスピードならサンタクロースもひとりで全世界回れるな、なんて思ってしまった。

次々と飛んでいく年神様たち。あたしは見送りながら思う。あの子たちは、年末年始を降りたった家で過ごし、正月を楽しんで去っていくのだろう。それからだんだんと成長して豊穣神として、各地に散らばっていくんだ。

そうしみじみとしていたところで、立ち上がったのは坊だった。

「りょうりばん！」

こちらのほうにとことこと寄ってきて、あたしを見る。あたしは小さく手を振る。

「いってまいるぞ」

「うん、行ってらっしゃい。お勤め頑張ってね」

「とうぜんだ、それがとしがみのやくわりなんだからな！」

そうふてぶてしい態度を取るのに、あたしは笑う。今回の伊勢は、最初から最後までこの子に振り回されてばっかりだったんだなあ。

坊はこちらに破顔して手を振ると、表情を引き締めて、ぴょーんと飛んでいった。あたしは思わず身を乗り出して見下ろす。小さく見える、そこはどこかの住宅街。雪がうっすらと積もっていて、出したばかりの門松の緑だけが彩を与えている。その門松を目がけて飛び降りた坊は、やがて見えなくなった。

きっとあの子なら、大丈夫だろう。

それからも景色は変わっていく。雪がひどすぎて、必死で腕を抱きしめて寒さに耐えないといけない場所もあれば、雪なんて影も形も見つからない、忙しい雰囲気が漂い季節感が忘れ去られている場所もあった。

どんな街でも、門松やしめ縄目がけて、ぴょーんぴょーんと年神様は飛んでいき、牛車の中でひしめき合っていた年神様は、だんだんと数を減らしていった。そして、最後には牛車の中にはあたしと御先様だけになった。

「ふう……これで、伊勢の当番って終わりなんでしょうか？」

「最後の仕事は、我の神域に帰ってからになる」

そう御先様が言うのに、あたしは思わず「えー……」と唸る。

「まだ仕事あるんですか？」

「そう言う、そちはおせち料理、まだできてないのであろう？」

御先様にぴしゃりと言われて、あたしはうな垂れる。神域に残してきた作業が、手付かずのままだ。海神様は三種類で充分と教えてはくれたけれど、その三種類すらできていない。

「う……まだです。いきなり呼び出し食らったんで、全然つくれていません」

伊達巻つくりたいし、お煮しめだってつくりたい。紅白かまぼこがないな。

あたしがひとりでおせちのことについてぐるぐる考えていたら、御先様が「ふん」と鼻息を立てた。

「こちらを年の瀬に呼び出しておいて、伊勢のがなにもないとは思わぬ」

「えっと……当番、なんですよね？」

「神は面子を気にする。対価なしに重要な仕事は頼まぬ」

そう言われて、あたしは「そう言われてみれば」と考え込む。

他の年神様とずれた坊の面倒や食事の用意、年神様たちを全国に送り出す仕事を終えたのだ。あの花神様が、「お勤めご苦労様です」と笑顔で終わらせるとは、考えにくい。

「だとしたら、ちょっとはお土産をもらえたりってするんですかねえ……？」

「そこまでは知らぬ」

話を振ったのは御先様なのに、理不尽！　そう思ったけれど、御先様も神域に帰ってもまだ仕事が残ってるって言うし。ここは御先様を立てようと、簾の向こうに視線を向けた。

簾の向こうは冬景色。皆モノクロな服を着て、慌ただしく家路を急いでいる。でもどこか浮かれているように感じるのは、もうすぐ今年も終わるからだろうか。一年の最初と最後にお酒を飲んで英気を養えるからだろうか。そう考えながら、目まぐるしく変わる景色を眺めていた。

＊＊＊＊

牛車が伊勢に戻ったときには、既に日は暮れていた。

伊勢の鳥居の前には火が焚かれて、その中で花神様が女房さんたちの指揮を執っているのが見える。

あたしたちも年神様のことを花神様に報告したら、お役目ごめん。ようやく御先様の神域に帰れる訳だ。花神様に報告しようと御先様と一緒に向かうと、花神様は女房さんたちに桐箱を運ばせていた。

「年神の送迎は全て滞りなく終了した」

御先様が花神様に報告すると、花神様はころころと笑った。

「ええ、ええ。無事に現世も新年を迎えることができるでしょう。私たちのお勤めはまだまだ終わりませぬが、お互い励みましょう」

「そうであるな」

そういえば御先様も、神域に帰ったらまだやることがあるって言っていたような。

あたしは「んー……」と唸りつつも、花火と荷物を回収するために一旦御殿へと移動する。

荷物を客間から取って来ると、勝手場に向かい、かまどの中で丸まって寝ている花火にちりとりを差し出しながら声をかけた。

「花火ぃー、お待たせ。終わったから帰るよ」

「んにゃー……ぜんぶおわったのかい？」

「伊勢でのお勤めはね。帰ったらおせち料理をつくらないといけないけど」

「んー……そうかい」

花火がのそのそとちりとりの上に乗ったのを確認してから、あたしたちは急いで伊勢の玄関へと向かう。

さっきまで大勢いた女房さんたちは、既にいなくなってしまっていた。待っていたのはこれから帰る御先様と、お見送りしてくれるらしい花神様だけだった。

辺りはすっかり夜で火の玉や光の玉が幻想的に舞っている。御先様の神域に着くのは夜明けだろう。

「りん殿。今回は本当にありがとうございます」

花神様に頭を下げられてしまうと気まずくって、あたしは思わず空いている手と首をぶんぶんと振ってしまう。

「い、いえっ！　本当にあたしは自分のできることをしただけです！」

「それがよかったのですが。お礼というほどではないのですが、今年はよいものがお供えされましたので、お裾分け致します。神域にお帰りになりましたら召し上がってください」

「えっ!?　ありがとうございます……!!」

牛車の中には大きな桐の箱がいくつか並んでいた。

牛車に乗り込んでからも、あたしは何度も何度も頭を下げる。ようやく簾が下り、動きはじめる。牛車は緩やかに空を飛んでいき、どんどんと伊勢の神域も遠ざかっていった。

今回は慣れないことをたくさんしたように思う。子供の面倒とか、食育とか。

あ、そういえば。もうすぐ新年を迎えるのに、御先様がやらないといけないことってなんだろう。除夜の鐘を鳴らすのはお寺だし、神社は関係ないよね？

そんなあたしの危惧をよそに、御先様は簾にもたれながら、簾の向こうを眺めていた。

「あのう、御先様。神域に帰ってもお仕事があるんでしたら、朝餉や夕餉はいつ出せばいいでしょうか？」

あたしがそう声をかけると、御先様はちらりとこちらを見てきた。

「いつもどおりで問題ない」

「そうなんですね」

「それより、今のうちに休め」

そう言ったかと思うと、御先様は目を閉じてしまった。白い睫毛が長いのをまじまじと眺めつつも、あたしはちりとりの上の花火を眺める。花火はこの伊勢のどたばたに付き合ってくれていたせいで、いつもよりもお疲れだ。スピィスピィと眠っている。

そうだなあ……おせち料理の残りもつくらないといけないし。あたしも一旦休むとするか。そう思ったら、眠りに落ちるのはあっという間だった。

＊＊＊＊

牛車に揺られて、しばらく眠っている間に、積まれた桐の箱がカタンカタンと鳴る音で目が覚めた。日差しの色は柔らかく、もう朝になったんだと思い至った。簾の向こうを見たら、既に見慣れた景色が近付いているのがわかる。

うっすらと積もった雪も、鳥居も、椿の花が綻んでいる花園も、たしかにうちの神域だ。

牛車が停まったので外を見ると、牛車の前にはたくさんの鍬神が並んでいた。

御先様が降り、あたしが花火と一緒に降りると、鍬神たちが御先様にぺこんと頭を下げながら、牛車の中にある伊勢からもらった桐の箱をせっせと運びはじめた。

「おお、帰ったか」

烏丸さんがこちらに手を振って迎えてくれたのに、あたしは頭を大きく下げる。

「今回は本当にお世話になりました！　おかげでどうにか伊勢のお勤め果たせました！」

「いやいや、俺はなんにもしてないからな。俺のほうこそ感謝しているよ」

あたしは思わず黙り込む。御先様はちらりとこちらを乏しい表情で見てきたので、視線をふいっと逸らしてしまう。

烏丸さんは本当にいつもの調子で「そんな顔するな」と言うと、ちょうど付喪神たちがなにやら烏丸さんに囁いて、そちらのほうに行ってしまった。本当に忙しい人だ。

あたしは鍬神の中からころんを探す。するところんのほうからやってきてくれたので、あたしは屈み込む。

「おかえり」

「ただいまー。ねえ、伊勢からお土産もらってきたんだけど、まだ中身を全然確認してないんだ。片付ける前に、中身を確認してもいいかな？」

ころんは一瞬こちらを見上げると、他の鍬神たちのほうを向く。他の鍬神たちも全員で顔を見合わせると、こくんと頷いてくれた。

　御先様がゆるゆると御殿に帰っていくのに頭を下げて見送ってから、あたしは花火をちりとりに載せたまま、鍬神たちを引き連れて勝手場へと向かう。

「あー、りんお帰りー。なんかいきなり烏丸さんが伊勢まですっ飛んでったけど、お前またなんかあったのかあ？」

　勝手場の前で兄ちゃんが待ってたので、あたしは空いている手を振る。

「ただいまー。ちょっと伊勢でいろいろあったから、それのために御先様が呼んでくれたの。でも今回は伊勢の神様には怒られてませーん」

「毎度毎度、お前もまあ……」

　兄ちゃんに呆れたような感心されたような顔をされていると、ふと兄ちゃんから甘い匂いがすることに気付く。酒麴の匂いじゃない。お米の匂いだ。

「兄ちゃん、なんの匂い？　お米の匂いするんだけど？」

「お前もいきなり伊勢に呼び出されて、おせち料理の準備も終わってないだろうから、せめて餅くらいはついておこうかなあと思ってさ。鍬神にも手伝ってもらったんだよ。乾かすために勝手場に置いてるぞー」

「えっ!?　ありがとー！」

　そうだ。兄ちゃんはお酒をつくるから、米研ぎも米を蒸すのもできるんだった。勝手場に入ると、たしかに作業台に大きな丸餅がふたつ、粉をはたいて置いてあった。小さな丸餅も並んでいるから、これで鏡餅とお雑煮用の餅は大丈夫そう。兄ちゃんには感謝だ。

さて。鍬神たちに運んできてもらった桐の箱の中身を確認しよう。あたしは鍬神たちに頼んで桐の箱を勝手場の奥に並べてもらい、ひとつずつ蓋を開けてみる。

「それは？」

兄ちゃんに聞かれて、あたしは頷く。ひとつ開けてみて、あたしは声を弾ませた。

「うん。伊勢のお土産なんだけど……すごいよ！　お蕎麦もらっちゃったあ」

桐の箱のひとつにはお蕎麦の束が詰まっていた。乾燥麺だ。これならあとは出汁をつくれば年越し蕎麦が食べられる。

他の桐の箱も開けてみる。こちらはかまぼこ。しかも紅白かまぼこ。これはラッキーだ。これでお雑煮もなんとかなる。

他にもはんぺんやさつま揚げなどの練り物が入っていて、あたしは目を細める。はんぺんは伊達巻をつくるのに欲しかったものだ。代用として干し魚を使おうと思ってたけど、こちらもありがたく使わせてもらおう。花神様ありがとう。

魚介類もいくつか入っている。伊勢海老はさすがに入っていなかったけれど、立派な海老が入っている。これもおせちに入れさせてもらおうか。白身魚の切り身もいくつか入っているし、一部は塩焼きにすればおせちにも入れられるかな。

そううきうきしながら、次の箱を開けてみたら、ぷんと漢方薬みたいな匂いがする。けれど、これがなにかわからず、あたしは「んん……？」と首を傾げる。どうしてこんなものを、わざわざ花神様はくれたんだろう……？

「屠蘇散《とそさん》までくれたのか、親切だなあ」

あたしが眉を寄せている横から、兄ちゃんが暢気に箱の中身を取り出して、感心したように眺める。

「屠蘇散ってなに……？」

「あれ。お前ん家っておとそ飲む習慣ってなかったのか？」

そう聞かれて、あたしは首を振る。

正月に飲むやつだよねえ、おとそって。

「おとそのことはあんまり知らない」

「そっかそっか。おとそって元々家長が自分の力を分け与えるっていう健康祈願の儀式なんだよなあ。元々中国の行事だったのが日本にも根付いてるんだよ。屠蘇散っていうのは漢方薬な。それを使ってつくるのが、おとそ」

「ふうん……うちそういうのやってなかったから知らなかった」

兄ちゃんの説明に感心していたら、兄ちゃんがその桐箱の蓋を閉めて、ひょいと持っていく。

「じゃあおとその準備は俺がしてもいいか？　みりんも一本もらうぞ」

「ありがとー、おせちと普段の食事の準備で手一杯で、他には手が回りません」

兄ちゃんは納得した顔をして、屠蘇散とみりんを持って行った。おとそとお餅の準備をしなくてもいいっていうのは、少しだけ楽になった気がするな。感謝しないと。

ここでは滅多に食べられない焼き菓子は鍬神たちに運んでくれた対価として桐の箱ごとあげて、今日使う予定のない食材を片付けるよう頼んでから、ひとりあたしは頷く。

「とりあえず、夕餉の準備をしてしまわないと」

荷物とダッフルコートを小屋に置きに行くことにした。

荷物をばらして片付けていると、庵さんのノートが目に入った。あたしはそのノートをめくってみる。

ノートをめくればめくるほど、空白が増えていく。

周りには人間がいないし、神経が細やかな人は、御先様に睨まれたり怒鳴られたりするのに耐え切れない。そんな中で烏丸さんに優しくされれば、そりゃ依存気味になってしまっても仕方がないと思うけれど。

御先様はそもそもお供えがされていないせいで、力を失ってしまった神様だ。料理番をさらってきてご飯をつくらせていたのだって、お供えの代わりだ。だけどいつしか、庵さんにとって料理は御先様のためではなく、烏丸さんと話をする口実になってしまった。御先様は自分のためにつくられた料理しか食べられない。だからますます力を失ってしまった。

これは、庵さんの性格と御先様の性質が噛み合わな過ぎただけだ。

『帰りたい帰りたい帰りたい帰りたい』

走り書きで書かれている文字を読んでいると、胸が痛む。

でもなあ……。

庵さんのノートを読みながら伊勢で会った庵さんの顔を思い出す。あたしは、眉を顰ませる。

烏丸さんも。このノートの受け取りを拒否してしまった。烏丸さんはこのノートを生かすことはできないとも言っていた。

だからといってこのノートをまた箪笥に片付けてしまうのは可哀想だ。あたしは庵さんの立てた献立のメモを読み返しながら「んー……」と考える。

ノートには献立は書いてあるものの、残念ながら料理手順までは書いていない。ときどき失敗・成功とか、調味料の配合を書き足してあるものはあったけれど、どれが自信作だとかどれが御先様の反応がよかったとかは、はっきりとは書いていないんだ。

あたしはあるページの献立に目を通すと、ノートを閉じる。

「……よし」

あたしはひとつ気合いを入れてノートは文机に立てかけてから、小屋を出た。

御先様は庵さんと相性がよくなかったけれど。料理には罪がないと信じたい。

＊＊＊＊

氷室姐さんに帰ってきた挨拶をしがてら、野菜をもらいに行く。魚は伊勢からもらってきたものを使わせてもらう。

勝手場に入ると、かまどの前でふたりの花火が話していた。離れていたときの出来事を共有しているんだろう。「夕餉の準備だよー」と声をかけて薪の上に乗ってもらう。あたしと一緒に帰ってきた花火と留守番していた花火が一緒に薪に乗ると、ぽんっと互いにくっついて合体した。火の粉をパチンパチンと散らしているのを見て、あたしは笑いながら作業をはじめる。

米を洗って水を切っている間に具材を切る。

油揚げはお湯をかけて油を切ってから、細切りにする。大根は拍子木切りに。一部は大根おろしにする。大根の葉は小さく切る。さつまいもは皮をよく洗ってから、皮ごと輪切りにする。皮つきのほうが煮崩れしないのだ。豆腐は四つ切りにしておく。

次に釜に米を入れる。そこに昆布出汁、醬油、みりん、酒を入れ、大根と油揚げも入れて、炊く。

鍋には大根、さつまいも、油揚げ、出汁を入れさつまいもに火が通ってきたらお湯をかけて霜降りにした鮭を入れて、中まで火が通ったら酒粕と味噌を溶き入れる。味がまとまったと判断してから、大根の葉を入れて少しだけ火が通ったところで火を止める。葉物はずっと火をかけ続けると色が濁るから本当にさっとだけ。

空いているかまどに鍋をセッティングして油を入れて温め、豆腐に薄く小麦粉を付けて、揚げる。揚がった豆腐に大根おろしとポン酢をかけていただく。

あじは鱗とぜいごを取り内臓の処理をしてから、七輪で塩を撒きながら焼く。シンプルに。

大根ご飯、あじの塩焼き、揚げ豆腐、鮭の粕汁。

大根ご飯の味を確認し、冷めないうちに持っていかないとと、急いで器に盛って膳に載せているとき、かまどの中で花火が目を丸くさせながら、火花をパチンパチンと弾けさせた。

「りん、そのりょうり」

「え、なあに？」

あたしが慌ただしくしているのを見て、花火が目をうろうろとさまよわせる。

「いおりのりょうりかい？」

そう花火が言うので、あたしは思わず目を剝く。

……この子、ずっと御先様の神域に住んでいるんだ。あたし以外の料理番の料理も食べたことがあるんだろう。

「……花火、あんたって出された料理、全部覚えているの？」

「うまかったものはおぼえてるよ」

いや、おいしかったものの限定とはいっても、献立を全部覚えているってありなの？　あたしは思わずこめかみに手を当ててから、念のために恐々と聞いてみる。

「……一応確認するけど、これを出したとき、御先様は料理、ちゃんと食べられたか知ってる？」

庵さんのノートから献立を拝借してつくったけれど、御先様が気分を害してしまったら、意味がない。今更ながらドキドキしながら花火の回答を待っていると、花火は「んー……」とあるのかどうかわからない首を捻った。

「だいじょうぶだったんじゃないかなあ……あのとき、いおりはないてなかったぞ」

「……そっか、ならよかった」

庵さん本人のことも、ちゃんと覚えていた花火に「あとで賄い出すから待っててね」と言ってから、あたしは膳を急いで運ぶ。

今日は雪も降ってないから、この間の強い冷え込みに比べればまだマシかなとも思ったけれど、そんなことはない。廊下を歩けば床の冷え込みで芯から冷えていきそうな感覚が襲ってくる。

途中で兄ちゃんと合流して、ふたりで一緒に広間へと向かう。

「あー……今日もほんっとうにさっむいなあ。暮れなんだから当たり前と言えばそうだけど」

「そうだよねえ……寒い。粕汁がおいしい頃だよなあとは思うけど」

「まあな。おっ、今日も美味そうだな」

あたしの膳を見ながら、兄ちゃんは暢気に笑う。その態度にほっとする。兄ちゃんは庵さんのことを知らない。

ふたりで広間の襖の前で座り「失礼します」と声をかける。

「入れ」

御先様の声に合わせて、襖に手をかける。

中に入ると、いつも綺麗な広間が、いつにも増して綺麗な気がする。御先様がしばらく留守だったせいなんだろうか。

兄ちゃんの注ぐお酒を御先様は満足げに飲みながら、ちらりと膳に視線を移す。それにあたしはドキドキする。

御先様にとって、庵さんがどんな料理番だったのか、本人に聞いたことがない。そもそも花火みたいに、料理番の献立を覚えているものなのかも、あたしは知らない。

あたしは全然慣れない説明をする。

「あじは伊勢からいただいてきたものを塩焼きにしました。温かいうちにお召し上がりください。揚げ豆腐も温かいうちのほうがおいしいです。ご飯は大根ご飯、この時期の大根は甘みがありますのであっさりした味付けにしています。今晩も冷え込みますから汁物は粕汁にしました」

あたしはなんとかしゃべりながらも、ちらちらと御先様を見る。

御先様は表情こそ乏しいんだけど、不快だと判断したら顔に出す。それがないということとは、機嫌は悪くないらしい。そのことにほっとしながら、御先様が箸を手に取ったのを黙って見ていた。

あじを綺麗に箸で切り分けて食べ、粕汁をすする。豆腐も割りながら少しずつ口に入れ、大根ご飯もご飯粒ひとつ残すことなく平らげた。

「……美味かった」

その言葉に、あたしは目を丸くさせる。伊勢で聞いたものよりも溜息が混ざっている。でも満足そうだ。兄ちゃんはあたしの反応に、怪訝な顔で口を曲げたものの、あたしはベチャンと土下座する。

「ありがとうございます!」

「……して、どうしてこの料理をつくった?」

御先様の問いかけに、あたしは「ああ……」と思う。

もしかしてとは思っていたけれど、御先様はしっかりと庵さんの献立のことを覚えていたんだ。

「喜んで欲しいからです」

「誰に?」

「あたしが料理を出す人、皆に」

兄ちゃんはもちろん事情がわかっておらず、あたしと御先様の顔を見比べるだけで、口を挟むことはしなかった。しばらくの沈黙が痛く、火鉢で炭がひとつ焼け落ちる音が、ひどく大きく聞こえた。

でも、御先様がひとつ吐き出した言葉で、沈黙は途切れた。

「そうか。もうよい。下がれ」

あたしたちはもう一度頭を下げてから、膳を持って広間をあとにした。

＊＊＊＊

兄ちゃんは右手にお酒や食器を持ち、左手に鍋を持ってくれている。あたしは右手に花火を乗せたちりとりを、左手に大根ご飯をにぎったおにぎりの皿を持って小屋まで移動している。

さっきまでのあたしと御先様の会話がさっぱりわからなかったと聞かれたので、あたしがかいつまんで説明したら、兄ちゃんは呆れたように顔をしかめていった。

あたしが現世で会った前の料理番さんのノートを見つけたことと、彼女がここを去った経緯、伊勢で再会したときにノートを返せなかったこと……。

全部聞いてから、兄ちゃんは呆れた顔のまま溜息をついた。

「お前なあ……そりゃその料理番さんも気の毒だけれど、なにも御先様の心の傷に塩コショウするようなことしなくっても」

「違うよ。御先様は、もう庵さんに対して怒ってないと思ったから、そのためにつくったんだよ」

「えー……お前のその感覚がわかんないんだけど」

「そうかな。ただささ」

庵さんと烏丸さん。ふたりとも互いに惹かれていったのに、結果的に引き離されたのが、気の毒だったんだ。あたしではふたりのことはどうすることもできないから、ただの自己満足なんだけれど、せめて庵さんの料理をもう一度烏丸さんにも食べさせてあげたかった。

そう思ったことと、御先様をないがしろにすることは、全然違う。

あたしは小屋の戸を行儀悪く足で開けてから、会話を締めた。

「誰も悪くないのに、運の悪さを誰かやなにかのせいにして収めるって、変な話だと思っただけだよ」

兄ちゃんは肯定も否定もせず、ただ「ふうん」だけで済ませてくれた。兄ちゃんのこういうところはいい。

小屋に入ると、花火を囲炉裏の炭の上に乗せて、鍋を温めはじめる。兄ちゃんが隣でお酒の用意をしはじめたところで、戸が開いた。また用事で出かけていた烏丸さんだ。

「あ、烏丸さん。お疲れ様でーす」

「りんもお疲れ。帰って早々食事の番をすまんなあ……これは」

「粕汁ですよー、今日も寒いですし。あとおにぎりもありますからね」

花火にもおにぎりをあげながら、粕汁を器に盛ったとき、烏丸さんはまじまじと料理に視線を落としていた。

あたしは庵さんが書いたノートの献立をつくっただけだ。手順まで合っているのかは知らない。大根ご飯だって粕汁だって、何通りもつくり方があるんだから。

あたしはいつもどおりに、黙って烏丸さんに粕汁を差し出した。

「どうぞ、熱いですよ」

「……ああ、すまんな」

烏丸さんが目を伏せてそれを飲むのを、あたしも、兄ちゃんもまじまじと見ていた。烏丸さんはそれを全部飲み干した。

「……美味いな。それに少し懐かしい」

思わずあたしは兄ちゃんと顔を見合わせた。兄ちゃんは苦笑しているけれど、それ以上突っ込むことはしなかった。

庵さんはいったい、どんな風にして賄いを出していたのか、烏丸さんはどんな様子で賄いをもらっていたのか、知らないし、わからない。

ただ彼女のノートをあたしに持っていて欲しいということは、彼女の料理をまた神域の皆に食べてほしいということと一緒なんだろうと解釈した。

かつて料理番だった結城庵って女の子は、もうどこにも存在しない。でも、その女の子はたしかにこの神域で必死に料理をつくっていたんだということを、このノートは覚えている。

間章

ひどく脅えた目をした娘であった。

この神域に来てから、烏丸に連れられて帰るまで、視線が合ったことが一度もない。どんな表情をしていたのか、ほとんど見たことがない。ただ震える肩だけはよく覚えている。

勝手なものだ。我はそう思った。

人間は勝手にこちらに脅え、勝手に拒絶する。その癖困り果てたときには神頼みするのであるから、この娘もまた同じかと思っていた。

震える肩で、こちらに差し出した膳。

噛んでも、飲んでも、腹が満たされることはなかった。

あの娘が震えながらも、なにも感じることのない食事を出すのが、我はひどく恐ろしかった。

人間はこちらを意味なく怖がる。だが我からしてみれば、平気で腹の膨れぬものを差し出す娘のほうがよほど恐ろしかった。

あの娘が泣いてこの神域を去っていったとき、どれだけほっとしたのか、わからぬ。胸がすくものではなく、鉛を飲み込んだような思いと共にであったが。

あの子がなにを思ったのか。あの娘の膳を差し出してきたとき、我はこれに箸を付けていいものかと考えあぐねた。

噛んでも、飲んでも、満たされない。満たされない。それがどれだけ恐ろしいことか、それは言葉を並べても語れぬ。

だが、あの子はじっと見てきたのだ。

思えば、あの娘とは一度たりとも視線が合ったことはないが、あの子は来たばかりのときから、一度たりとも食事の際に我から視線を逸らすようなことはなかった。

今回も同じであった。そのことに安心し、箸を手に取った。

美味い。温かい。滋味に富んでいる。

献立こそ、あの娘と同じものであったが、それにはたしかに味があった。満たされた。

「……美味かった」

そのひと言で、あの子は背筋を伸ばした。

あの子のような子は稀であろう。人間は脆い。できぬ約束をして命を落とした者もいた。

それらは神域に来て己を保てなかったせいであろう。

あの娘は震えた肩で、これをつくった。それはあの娘が脆くなったせいだとしたら。ただ帰りたかっただけだとしたら。

それならひどいことをしたと、はじめてあの娘を許せそうな気がした。

第五章

正月まで、あと二日。

あたしは朝餉のあと、一度小屋に戻り、教本とノートを確認して、まだ準備途中のおせち料理のことを考えて、頭を抱えていた。

ほぼ完成しているのは、黒豆と数の子だけだ。海神様は祝い肴の三種類さえあればいいと教えてくれたけれど、まだ二種類しかできていないんだから、祝い肴にすら足りない。

たたきごぼうをつくって三種類できたとして。これにお雑煮を足したとしても、御先様はお腹いっぱいになるのかという疑問はある。

それに。この神域では本当に久しぶりの正月なんだよね。兄ちゃんも烏丸さんも、ここ数年ろくに正月を祝ってないと言っているし。

残り二日で、どこまでできるか、だよなあ……。

教本を確認してみたら、偶数は縁起が悪いからやめたほうがいいと書かれている。どうも日本人は古くから奇数が好きらしい。

お煮しめは出汁をたくさんつくっておけば、年越し蕎麦やお雑煮にも活用できるから、これは明日に回そう。

あたしはノートに残りのつくりたいものをまとめてからころんを捜しに出かける。

「ころんー、ころんー」

畑の前で呼んでみると、そりをひいたころんが出てきた。今日も氷室姐さんの元に雪を運んでいたらしい。あたしはころんに視線を合わせようと膝を折り曲げる。

「あのね、欲しい野菜があるんだけれど、持ってきてくれる？　おせちつくるんだ」

「いいよ。まかないください」

「わかったわかった」

ころんに欲しい野菜を伝えて、あたしは氷室姐さんの下に向かう。

「おや、りん。おせち料理の調子はどうだい？」

「氷室姐さん、今から頑張って残りのおせちつくりますんで。まずは卵とごまめください」

「あらあら」

氷室姐さんは笑いながら、藁に包まれた卵とごまめを持ってきてくれた。

「本当に久しぶりだねえ、おせち料理なんて」

「それ、皆言っていますねえ」

「あの人は、正月になれば倒れていたからね。文字通り触らぬ神に祟りなしってことで、正月になったら皆御殿のほうには足を向けなかったから」

それを聞いて頭に思い浮かんだのは、御先様が御殿の奥にある社で、現世の神社からの願いを受け取っていた光景だ。現世の神社に集まる願いを叶えるのは、御先様と社の契約のはずだ。その願いをお供えなしでずっと叶え続けるのは、空腹のままマラソンするようなものに違いない。不機嫌になっても仕方ないし、疲れ果てて寝る以外できることがなかったんだろう。

あたしは卵とごまめを抱えながら、氷室姐さんに頭を下げる。

「御先様が元気になって、本当によかったです。あたしは大したことはしてないんですけど」

「おやおや。あたしはあんたが来たから御先様もだいぶましになったと思っていたんだけどねえ。まともに食事を食べられるようになったのはいいことさね。あんたも最初の頃よりは成長していると思うけどねえ」

「へえ？　あたしのやってることって、料理つくることだけですよ？」

「あんたはそれでいいと思うけどねえ。ほら、やることたくさんあるんだろ。早く行った行った」

気付くと足元には、野菜をたくさん笠に入れたころんがいて、こちらを見上げてくる。

それにあたしは笑う。

「それじゃ、行こうか」

「うん」

あと二日。忙しくなるぞ。とにかく順序だてててつくらないと、途中で訳がわからなくなる。お皿や盛り付けも考えないといけないし、頭が爆発しそうだ。

＊＊＊＊

お煮しめは明日、年越し蕎麦やお雑煮と一緒につくるから、後回しにする。お煮しめに使う野菜は床下の貯蔵庫に入れておいた。

伊達巻に、ごまめ。なます。たたきごぼう。あとは伊勢でもらってきた鰤を塩焼きにして、海老を茹でる。

言葉にすると簡単だけれど。まずは伊達巻。伊達巻を綺麗に巻くにはコツがいる。うまくいくといいんだけど。

気を揉みながら、あたしは卵を取り出す。

伊勢からもらったはんぺんをすり鉢ですり潰し、割った卵とよく混ぜてから、砂糖と出汁を加えて味を付ける。

卵焼き器に薄く油を引いてから卵液を流し入れ、弱火にしてから蓋をし蒸し焼きにする。表面が固まったら、引っくり返してもう少しだけ火を通す。

卵焼きの場合は完全に火が通る前に巻いても、余熱で固めればいいけど、伊達巻の場合は分厚いから、火が弱過ぎると中まで固まらない。だからといって火を強くし過ぎても表面が焦げてしまうし、食感もパサパサになってしまうから難しいんだ。

火がちゃんと通ったのを確認してから、巻きすの上に載せて、浅く切り込みを入れてから、熱いうちに巻いてしまう。全部巻いてから、巻きすごと紐で縛って、冷ます。「熱い熱い」と言いながら端っこの部分を食べて、残りの端っこの部分を花火にも分けてあげる。

「うん、おいしい……！」

自分で言うのもなんだけれど、はんぺんのおかげでふかふかとした食感だし、味に深みもあるような気がする。花火も咀嚼しながら「んまーい」と声を上げたので、あたしは安心した。

続いてごまめ。ごまめとはカタクチイワシを干したものだ。あたしはそれを片手鍋で乾煎りする。カラカラにしないと飴が絡まない。焦げないように注意しながら、匂いが香ばしくなって、ごまめが菜箸で簡単に折れるようになるくらいを目安にして煎る。ちょうどよい具合になったら一旦取り出す。

ごまめに絡める飴は砂糖、みりん、醤油でつくる。それらを片手鍋に入れて、糸が引くまで火をかける。糸が引くようになったら、取り出したごまめをもう一度片手鍋に戻し、すぐに酒を入れて飴を伸ばして、ごまめに絡める。これを冷ましたら完成だけど、飴が固まったらごまめが全部くっついてしまうから、冷ますときは一本一本バラバラにする。

あたしが調理台でどたどた作業をしていると、ころんが目をきらきらさせてこちらを見上げているのに気付く。もしかしなくっても、甘い匂いに反応したのかな。あたしはそう思い、ごまめを「熱いよ」と言いながら差し出す。ころんは飴を絡めたばかりの熱いごまめに「ぴゃっ！」と声を上げたものの、口に放り込んだら、目をうるうるさせてくれた。

うん。味は問題ないみたい。

外をちらりと見る。まだ火の玉が浮いてない。若干暗くなってきたけれど、まだ夕餉の時間ではない。あたしはほっとして、まだもうちょっとだけつくれそうだなとにんじんと大根の皮を剝きはじめた。

「りんー、ずいぶんつくるんだなあ」

花火が感心したような声を上げるのに、あたしは苦笑する。

「現世でおせち料理って言うと、年初めのごちそうだから。久しぶりに正月をするんでしょう？　それを祝うの」

「そうかあ」

そう言ってにこにこと花火は火花を弾けさせる。

皮を剝いて細切りにしたにんじんと大根に塩を振り、水気を出す。布巾で出てきた水気を拭き取ったら、水飴と酢を混ぜたものに和え、ごまをふりかける。

ごぼうは縦半分に切って、麺棒でしっかり叩いてから、短く切る。

塩を入れたお湯でごぼうを茹でたら、水を切ってからごま、水飴、酢を入れたすり鉢に入れて、和えておく。

海老をお湯にくぐらせて赤くして、紅白かまぼこを切る。鰤は七輪で塩焼きにする。他は味付けが濃いめな分、あっさりとさせる。

そこまでできたものを、あたしはいったん布をかぶせて、貯蔵庫に片付けた。そろそろ夕餉の準備に取り掛からないといけない。一旦片付けながらも、あたしはいつも以上にごたついてしまった調理台を見回し、気合を入れ直す。

包丁は水分を取ってから研いでおかないといけないし、使い終わった鍋はさっさと洗わないと、夕餉をつくれない。

あたしは急いで洗い物を済ませると、一旦調理台の物を拭いて片付ける。生ゴミはくーちゃんにあげよう。あたしはそう思いながら夕餉の用意をはじめたら、不意に異臭がしてくることに気付いて、思わず下を向いた。ちょうどくーちゃんがいたのだ。今日も溶けた餅のようにへにゃりとしている。

「あれ、くーちゃん散歩？　生ゴミが出たからくーちゃんにあげようと思っていたところなんだけど」

くーちゃんは基本的に酒蔵にいて兄ちゃんと一緒にお酒をつくっている。他にもあたしが醬油をつくるときに手伝ってくれたり、生ゴミを発酵させて肥料をつくったりしてくれている。

くーちゃんはぬたっとした感触でこちらを見上げる。

「うん、さんぽー」

「珍しいね、こんな時間に。あ、生ゴミどうぞ」

「ありがとー」

そう言いながら、くーちゃんは野菜や魚の切れ端をもしゃもしゃしはじめる。そしてあたしを見上げながら、こてんとどこにあるかわからない首を傾げた。

「こじかがりんはおせちのじゅんびしてるーっていってたよー？」

「うん、おせちの準備はほとんど終わったよ。仕上げは明日ね。今からは夕餉の準備するんだよ」

「ふーん」

くーちゃんはいつものマイペースさで「がんばってー」と言いながらよたよたと去っていった。あたしは少しだけ気が抜けて、くーちゃんを見送った。

そういえば。くーちゃん、伊勢に行く前もあたしになにか言いたげな顔をしていたけど、なんだろう。

あたしが帰っていくくーちゃんを見送っていたら、花火が火花を散らしながら声をかけてきた。

「りんー、ゆうげのじゅんびはいいのかい？」

「はあい、わかってる」

くーちゃんのことは気がかりだけど、まずは今日の仕事を済ませてしまわないと。あたしは慌ただしく夕餉の準備に戻った。

お米を仕掛けた釜をかまどに置くと、「これを炊いて」と花火に頼んでから、貯蔵庫の野菜を引っ張り出す。ころんに持ってきてもらったものだ。

にんじんと大根は半月切り、ごぼうはささがき、白ネギは斜め切り、豆腐は四つ切りにしておく。まずはにんじんと大根、ごぼうをごま油で炒める。全体に火が通ってきてから豆腐を加えてつぶしながら混ぜて塩で下味を付ける。全体に火が通ったら出汁を加える。

出汁がくつくつと沸いてきたら、そこにネギを加えて、醤油で味を調える。

次になますをつくるときに余った細切りのにんじんと大根を片手鍋に入れて、炒める。みりんと醤油で味を付けたら、ごまをまぶす。

魚は伊勢からもらってきた鰤。おせちに入れる分は塩焼きにしたけれど、夕餉の分は照り焼きにする。鰤は片手鍋に入れて、表面を焼き付けたら、表面に浮いた油をよく拭いて、生姜の輪切りを乗せ、醤油、酒、みりんの合わせ調味料をかけ、とろみが出てきたら、鰤に絡める。焦げないように、慎重に。

ご飯、鰤の照り焼き、にんじんと大根のきんぴら、けんちん汁。

今回はあり合わせの物でつくることになってしまったけれど、きちんと明日はつくるから。

そう心の中で謝りながら、最後にあたしは小鍋にみりんを入れて、煮切る。それに、醤油と砂糖を加えて、沸騰する直前でかまどから下ろす。それを見て、花火はきょとんとしてこちらを見上げてきた。

「りん？　ゆうげはもうできたんじゃないかい？」

「これは、明日の分」

「おせちかい？」

「違うよ」

出来上がったそれは、返し。いわば濃縮調味料の一種だ。普段はこんな面倒臭いことはしないけれど、年末くらいはいいんじゃないかと思ったんだ。

「まあ明日を楽しみにしてて」

「おう？」

花火がわからないという顔をしているのに笑いながら、あたしは膳に今日の夕餉を載せて御先様の下へ向かった。

＊＊＊＊

次の日、あたしはおせち料理の追い込みをしていた。

朝餉のとき、御先様が広間に来るのが遅くなって、あたしは待たされた。御先様が言う〝仕事〟はまだ終わらないらしい。これじゃ、年が明けて、参拝客が増えたら御先様は早々にくたびれてしまうんじゃないか。そう思ったら、おせち料理をつくる手にも力が入るというものだ。

今日はいよいよお煮しめをつくるのだ。

大鍋を取り出すと、そこに水を張り、昆布を浸す。待っている間にお煮しめ用の野菜を切りはじめる。

にんじんは輪切りにしてから梅の形に飾り切りする。里芋は皮を剝いて四つ切りにする。ごぼうは皮をこそげてから乱切りにする。干し椎茸は水に浸けて戻し、戻し汁もいい出汁になるから取っておく。

さやいんげんは筋を取ってからお湯にさっとくぐらせてから置いておき、れんこんは輪切りにしてから酢入りのお湯で一度煮て水気を切っておく。

さて、昆布から出汁も出やすくなったころだろうし。大鍋にたっぷりの鰹節を投入して、鰹節が浮いてきたところでざると布巾で漉す。他の料理に使うから少し取っておいてから、出汁を半分に分ける。半分には椎茸の戻し汁を加え醬油とみりんを加えて、もう半分はみりんを多めにして甘めの味にする。

……さあ、ここからなんだよなあ、問題は。

「ひとつのりょうりだよなあ。いつもよりも、なべがおおくないか？」

あたしの料理工程を眺めながら、火加減の面倒を見てくれている花火は、鍋の量に首を傾げていた。勝手場のかまどの数では足りないから、七輪まで持ってきててんてこ舞いになっているから、そりゃ不思議に見えてもしょうがない。

「お煮しめって、煮る手順が材料によって違うから。ひとつにしてもいいんだけれど、色も濁っちゃうしねえ」

さやいんげんやにんじんは彩りとして鮮やかに見えたほうがいいし、れんこんは白く見えたほうが綺麗だから、最後にさっと加える。だから最初から同じ鍋では煮ない。しかもさやいんげんはお湯で茹でるけれど、にんじんとれんこんは味が染みるように甘めに味付けした出汁で煮る。里芋は煮過ぎると形が崩れるから別の鍋で煮ないと駄目だし、ごぼうは火を通さないと固くて食べられない。

面倒だなあと思いながらも、そのほうが見た目はいいし、おめでたい感じになる。あたしはごぼうと椎茸、里芋を椎茸の戻し汁を混ぜた出汁で、にんじんとれんこんを甘めの出汁で煮はじめる。火がある程度通ったら、出汁が染みるように冷ます。

冷ましている間に、あたしは昨日つくっておいたものを調理台に引っ張り出して、食器棚を漁ることにした。

普段家では重箱に詰めるけれど、御先様に出す分を重箱に入れても、重箱の中のもの全部なんてさすがに御先様も食べられないし、お雑煮を膳に載せられない。お皿に盛る？それも難しいし、やっぱり雑煮のお椀を載せられない。

棚にしまわれているお皿を片っ端から取り出して、さんざん悩んだ結果。九つに仕切りがついているお皿に少しずつ盛ることにした。

皆で食べる分は、重箱に詰めることにする。おせちを重箱に詰めたことなんてないから、教本と睨めっこしながらの作業となった。

一の重には前に海神様に教えてもらった祝い肴のたたきごぼう、数の子、ごまめを中心に入れる。切ったかまぼこと黒豆、伊達巻も並べていく。

教本的におせちは奇数入れるのがいいと言われているらしい。ちまちまとおせちに入れていくのはパズルみたいで面白いけれど大変だ。笹を仕切りとして使い、黒豆はできるだけ汁気を切って入れる。品数が偶数になってしまったら、松葉などのあしらいで埋めてしまえばいいのだ。

二の重には鰤の塩焼き、海老、なますを入れる。

メインディッシュになる焼き物や酢の物は二段目らしい。

三の重は煮物。完成したばかりのお煮しめを入れる。

最後まで入れて、あたしは一気に脱力した。

ずっとちまちまやっていたおせちづくりが、ようやく終わったからだ。

「終わったぁぁぁぁ……あぁん、もう疲れたぁー！」

思わず声を上げると、花火は出来上がったおせちを見て、火花を弾けさせる。

「おおー、すっごいなあ。りん。こんなにいっぱいのおせちはほんとうにひさしぶりだぞ！」

「頑張ったから、本当に頑張ったから。もっと褒めて褒めて」

「すごいすごーい」

花火がかまどの中でぴょーんぴょーんと飛ぶのに、あたしはえへんと胸を張る。

本当にこんなに大変とは思ってもいなかった。見るのとやってみるのは大違いだ。

さて。今年最後の大仕事は終わったから、夕餉の準備だ。年越し蕎麦。

伊勢からもらった練り物が入っていた桐の箱から、さつま揚げを取り出す。これを具に使わせてもらおう。さつま揚げはひと口大に切っておき、香り付けのネギを小口切りにする。

さっきお煮しめをつくるときに取っておいた出汁に、昨日つくっておいた返しを加える。これをかけ汁にする。本当はもうちょっと寝かせた返しを出汁で割るほうがいいんだけど、時間がないからそこは省略した。

しっかし。いつもならそろそろ夕餉の時間なんだけど。蕎麦はもう茹でちゃってもいいのかな。御先様、今日の朝餉が終わったらすぐに御殿の奥の社に引っ込んじゃったんだけど。現世の神社のことで忙しいんだろうな。

あたしがどうしようと悩んでいたところに、勝手場にからからと下駄の音が響いた。

「ああ、りん。お疲れ様。……豪華なもんだな。ひとりでつくるから、もっと簡素になるかと思ってたんだが」

烏丸さんは、あたしが用意したお重とそれに詰め込まれた料理を見て、感嘆の声を上げた。それにあたしは胸を張った。

「あたしひとりではまず無理でした。境の人たちや伊勢からのお裾分けのおかげで立派になりましたよ」

「いやいや。それでも半分以上はお前さんがつくったもんだろ。伊勢から帰ってすぐにこれは、立派なもんさ」

烏丸さんがひとしきり褒めてくれたあと、思い出したかのように付け加えてきた。

「ああ、そうだ。今日の夕餉だが。御先様は用が終わるのが大分遅れるから、今日は俺たちが先に夕餉を食べても構わないとのことだ」

「あれまあ」

そんなこと、神域に来てからはじめてだ。味見ならともかく、御先様より先に食事を摂ったことなんて、神域に入ってから一度だってなかった。

でも、御先様の用事っていったいなんなんだろう？

「あのう、御先様が伊勢で『まだ仕事がある』って言ってましたけど。こんな年末に行う用事って、なんなんですか？」

「ああ、大祓《おおはらえ》だ」

烏丸さんの言葉に、あたしはきょとんとする。一方、花火はかまどの中で何故か嬉しそうに火花を弾けさせながら笑っている。

「そっかあ、ほんとうにひさしぶりだなあ」

……ということは。力が戻ってできるようになったこと。あたしはもう一度質問を重ねる。

「あのう、それってなんなんですか？」

「そうか。現世では大きな社でもない限り大々的に行わないからなあ。年に二度、夏と冬に穢《けが》れを祓う儀式が行われるんだよ。今晩行うのは、冬の年越しの大祓だな」

「はあ……あれ、夏はそんなことやってませんでしたよね？」

今年の夏は、御先様がひとりでどこかに出かけるようなことはなかったと思うし、食事の時間に遅れるようなこともなかったような。あたしが首を傾げていたら、烏丸さんが笑う。

「こないだの出雲の宴が大きかったんだろうなあ。御先様も、大祓を行えるだけ力を取り戻したということだよ。あの人、口ではなにも言わないが、お前さんには感謝していると思うぞ」

そう言われると、少しだけほっとする。

お節介なことをしているとは思う。少しずつだけど再び現世の神社に信仰が集まるようになったあとも、勝手に神域に押しかけて、そのまま料理番を続けている。そのことに御先様は特になにも言わなかった。でも御先様ができること、やろうと思うことが増えたんだったら、あたしがやってきたことはなにも無駄じゃなかったんだと、安心できる。

それじゃあ先に、と、あたしは皆の分を茹でるためにお湯を沸かす。沸騰したら蕎麦を放り込む。本当に花神様には感謝だ。もし粉から蕎麦を打たないといけなかったら、さすがにそれは「無理！」と悲鳴を上げていたと思う。蕎麦粉は小麦粉とちょっと扱いが違うから。素人だとまともな麺にはならないんだ。

茹で上がったら、それをしっかりと湯切りし、お椀にかけ汁と一緒に入れる。さつま揚げとネギを添えて、年越し蕎麦は出来上がった。

これをお盆に載せようとしたところに、兄ちゃんが勝手場に顔を出した。

「うわあ、年越し蕎麦！　無茶苦茶久しぶりだ！」

兄ちゃんがあまりに目を輝かせるので、あたしは笑う。

「ああそっか。兄ちゃんは何年ぶりか、だっけ」

「おお。ほんっとうに久しぶりだわあ」

兄ちゃんがにこにこ笑っている中、あたしはまた「あれ？」と思う。やっぱり今日も兄ちゃんが普段纏っている甘い発酵臭がしないんだ。現世にいるときは秋から冬にかけてが一番酒蔵から漂ってくる発酵臭が強いと思っていたんだけど。最近兄ちゃんからはその匂いがしない。神域ならくーちゃんがいるから年がら年中お酒をつくれるし、年末だからお休み？

ぼんやりと疑問に思ってたら、兄ちゃんが「ほら、蕎麦が伸びる伸びる！」と言うので我に返る。そしてこのところ食事処と化しているあたしの小屋へと向かうことにした。

花火は烏丸さんがちりとりに載せて連れてきてくれた。囲炉裏を囲みながら皆でずるずるとお蕎麦を食べる。今回は貰い物でずいぶんと楽をさせてもらったけれど、来年はどうやって、お蕎麦を手に入れようか。

兄ちゃんはちゃっかりとお酒を熱燗にして持ってきていて、それを蕎麦を食べる合間に烏丸さんと一緒に飲んでいるみたいだった。お蕎麦とお酒は合うという話を聞くけれど、お酒を飲まないあたしにはいまいちわからない。

さつま揚げを口にし、かけ汁もすすっているとき。

なにかが外から聞こえることに気付いた。呪文みたいな人の声で、なにを言っているのかはあたしにはわからない。でもこの朗々とした声は……御先様のものだ。

「はじまったみたいだなあ」

烏丸さんもまた、外の声に耳を傾けながら、唇をお酒で湿らせた。

「あのう、これはなにをやってるんですか、御先様」

「大祓詞《おおはらえのことば》を唱えながら、お焚き上げをしているんだよ。そのことで、今年一年の穢れを祓うっていう儀式だ。お前さん、御殿の奥に入ったことがあっただろう？」

「ええっと……はい」

奥に社があって、あそこで現世の社から届く願いを叶えたり、現世からのお供えを受け取っているみたいだった。

烏丸さんは蕎麦をすすりながら笑う。

「現世のお前さんたちのいた商店街も、前よりも居心地はよくなっているだろうさ」

そのひと言で、あたしはじんわりとしたものを感じる。

ここにいたら、除夜の鐘も聞こえないし、年末年始のよくわからないバラエティー番組だって見られない。年越しっていったいどんな風になるんだろうと思ったけれど。

朗々と響く御先様の声。耳を澄ませてもあたしには、なにを言っているのかまではわからないけれど、それを聞きながら蕎麦をすする。

こんな年越しも悪くないと、そう思えた。

来年がどんな一年になるのかなんて全然想像もできないけれど、変わらず一日一日を丁寧に積み重ねていけば、いずれ振り返ったときにどんな一年になっているかわかるだろう。

＊＊＊＊

寝て起きたら、朝がやってきていた。

あたしはいつものように着替えると、寒い寒いと腕をさすりながら勝手場に向かう。途中でちらりと畑を見る。普段なら雪かきをしている鍬神の姿が見えるはずなのに、誰もいない。

夜のうちに雪が降ったらしく、中庭も見事にまっ白で、その上には足跡がひとつもない。新雪の麗しさに思わず目を細めながら勝手場へと急ぐ。扉を開けて、あたしはかまどの前に屈み込んだ。

「花火ぃー、あけましておめでとー」

あたしが声をかけると、かまどの中で丸まっていた花火が、眠そうに目をこすり上げてから、ふわーあとあくびをした。

「あけまして、おめでとー……むにゃ」

「寝ないでよぉー、お雑煮つくらないと駄目なんだから。こっちの出汁、温めてほしいんだけど」

「こっちかい？　なべがおおかったから、なにがなにやら、だぞぉー」

「ごめんごめん。ほんっとうにひっちゃかめっちゃかだったもんねえ」

あたしは昨日取っておいた出汁の入った鍋を温めてもらう。その間におせちの盛り付けの準備をはじめる。

昨日選んだお皿を取り出して、御先様に持っていくおせち料理を載せていく。用意したのは縦横三枡、全部で九つに区切りの入ったお皿。上の列には、一の重のおせち料理を盛っていく。

海神様が言っていた祝い肴。

たしかたたきごぼうは、細く長く幸せにあれという教え。

ごまめは五穀豊穣を願うという教え。

数の子は子宝と子孫繁栄を願うという教え、があるらしい。

中央の列に黒豆、なます、紅白かまぼこを入れる。そして下の列には伊達巻、海老、鰤の塩焼きを入れていったら、御先様のぶんのおせちは形になった。

次はお雑煮の準備だ。

貯蔵庫から野菜を引っ張り出して、餅も確認する。兄ちゃんがついてくれたそれをありがたく使わせてもらう。

柚子の皮を少し削いで、三つ葉は切っておく。

伊勢の焼きあなごをひと口大の大きさに切り、さっと七輪で表面に焦げ目がつく程度に焼く。両面が焼けたら皿に取り出しておき、今度は丸餅を膨らむまで焼く。

具は地方によるけれど、うちの地域だと丸餅に焼きあなご。あたしは梅形に飾り切りしたにんじん、焼きあなごを温まった出汁に加えた。

にんじんに火が通ったところで、醬油とみりん、塩で味付けをする。すまし汁仕立てだから、味はすっきりとさせる。

お椀に、焼きあなご、にんじん、紅白かまぼこを入れてから汁を注ぎ、焼いた丸餅をその上に載せる。最後に柚子の皮と三つ葉を飾る。

「ふう……」

これでお雑煮は完成だ。

おせち料理、お雑煮。

それらをお膳に載せて、いそいそと広間へと向かう。広間に行く途中、普段は歩き回っている付喪神が見事なまでに見当たらないのに、あたしは思わず辺りを見回す。皆どこに行ったんだろう……？

そう訝しがっていたら、向こうから兄ちゃんが手を振ってきた。いつもだったらお猪口と一緒に銚子を持っているのに、今日持っているのは屠蘇器《とそき》だ。

「おお、りん。あけましておめでとー」

「あけましておめでとう、兄ちゃん。それは？」

あたしは屠蘇器に目をやる。小皿のような朱塗りの盃《さかずき》に、それを置く金箔があしらわれた盃台。飾りのついた銚子。ずいぶんと立派そう。

「おう、勝手場の食器棚漁ったら見つかったから、使わせてもらったぞ」

おとその準備はあたしにとっては未知の領域だ。知ってるのはあの匂いの強かった漢方薬みたいなものでつくることくらい。兄ちゃんはあたしがちろちろと見るのを察して、ひょいとあたしの視線まで屠蘇器を持ち上げてくれる。

「一昨日から勝手場がごたついてたから、邪魔かなあと思って、俺んとこの小屋で仕込んでたんだけど。酒にみりんを足して、ひと晩屠蘇散を漬け込んで、漉すんだよ」

「わざわざお酒に味を付けるもんだったんだねえ」

「中国から伝わった風習だからなあ。屠蘇散……あの匂いきついやつな……あれだって元々は漢方薬だしな」

なるほど……正月の風習って、なんでもかんでも日本産って固定概念があるけれど、日本のいろんな文化や風習は中国からやってきて、そのまま浸透しているものが意外と多い。おとその習慣もそのうちのひとつって訳だ。

あたしが勝手に感心していたら、兄ちゃんは兄ちゃんであたしのつくったおせちとお雑煮をまじまじと見て「うわあ」と言っている。

「まさかここでおせちもお雑煮も食べれるとは思ってなかったなあ。本当何年ぶりだ、これ」

「えー……兄ちゃんがそんなに、おせちもお雑煮も好きだったなんて知らなかったんですけどー」

「食べられなかったら食べたいって思うもんだって。それにしてもまあ……お前、よくこんなに用意できたなあ」

いつもあたしがつくった料理についてとやかく言わない兄ちゃんも、珍しく褒めてくれる。それにあたしはえっへんと胸を張る。

「うん、今回はほんっとうに大変だったから、もっと褒めてもいいんだよ？」

「お前なあ、謙虚さってものがないのかね」

「普段ならともかく、今回は伊勢に行ったりしながら完成させたんだから、もうちょっと褒められてもいいと思ってます」

「それもそうかあ」

兄ちゃんが納得したようなしてないような声を出している間に、広間の前に着いた。

今日は御先様もいるんだろうと思いながら、あたしたちは声を上げる。

「御先様、食事をお持ちしました」

「入れ」

あれ、とあたしたちは思わず顔を見合わせる。

普段、御先様に声をかけてから、返事があるまで一拍は間があるはずなのに、今回は間髪容れず返事があった。なんで？

不思議に思いつつも、ふたりして「失礼します」とひと声かけてから、襖をそろそろと開ける。

広間に入った瞬間、あたしと兄ちゃんは思わず「え？」と声を上げていた。広間はいつにも増して綺麗で、御先様は正面の屛風の前に座っている。そして。

いなくなっていたと思った付喪神たちが、皆勢ぞろいして列をなして座っていたのだ。最近この神域に来た河童はわかってない顔でときどき立ち上がろうとしているのを、小人に引っ張られて座らされている。天狗のような小人はきりっとした顔をして座っているし、大福に手足を付けたような子は座って手足が見えなくなっている。

くーちゃんも後ろのほうでへにょんと座っている。広間の端のほうには烏丸さんと氷室姐さんも座っていた。と、最後に鍬神がえっちらおっちらとなにかを運んできたと思ったら、花火を薪と一緒に器に載せてきたのだ。

え、なにこれ。どういう状況。あたしは思わず兄ちゃんを見るものの、兄ちゃんも本気でわからないらしく、知らん知らんと首を振られてしまった。

あたしたちが固まっている間に、正面に座っていた御先様と目が合った。今日は本当に珍しく、脇息にもたれることもなくしゃんと座っているかと思ったら、兄ちゃんのほうに声をかけた。

「こじか、おとそをここに」

「あ、はいっ……！」

兄ちゃんは我に返って、屠蘇器を差し出すと、御先様は「そこに控えよ」と指示を出した。続いてあたしのほうを見る。

「祝い肴はこちらへ」

「は、はい……！」

おせち料理のこと、だよね。あたしは御先様の正面に膳ごと置くと、御先様はそれをまじまじと見下ろす。

「……ずいぶん豪華なものになったたな」

これは褒められたんだろうか。それともただの感想だろうか。

あたしは「ありがとうございます」とだけ口にした。

やがて、御先様は目の前のおせち料理に頭を下げる。すると、背後からずざざっと音がして後ろを振り返ると、付喪神たちも皆頭を下げている。あたしと兄ちゃんも慌ててわからないなりに頭を下げる。

しばらくして、御先様は顔を上げ、兄ちゃんに「おとそを注げ」と伝える。兄ちゃんは緊張したように注ぎ、御先様はそれをひと口飲む。そのあと御先様は兄ちゃんから屠蘇器を取ると、おとそを盃に注いで先にあたしに差し出した。

あたしはおとその入った盃を見て、きょろきょろしてから、思わず自分を指さすと、御先様はいつもの仏頂面で頷く。

「飲むように。次はこじか。皆も並べ」

あまりに淡々と話を進めるので「なんで!?」と突っ込む間もない。付喪神たちはあたしたちの後ろに並んで、順番待ちをはじめるのが見える。あたしは観念して、盃を受け取り口を付けた。

喉を通るじんわりとした熱と、よくわからない漢方臭に、うう……となりながらもどうにか飲み干し、盃を御先様に返すと、御先様はあたしのしかめっ面に構うことなく兄ちゃんに盃を差し出す。それに兄ちゃんがおとそを注ぐと、御先様はそのまま兄ちゃんに飲むようにうながす。

兄ちゃんも慌てておとそをあおった。

そして盃を御先様に返すと、御先様はまたおとそを注ぐように兄ちゃんに催促した。今度は後ろにならんでいる付喪神が飲む番だ。

あたしは順番待ちをしている付喪神たちの邪魔になるだろうと、おとそを注ぐ兄ちゃんを置いて最後尾にいる烏丸さんや氷室姐さんの並んでいるところまで歩いて行った。

「あのう……これって、なんなんですか？

「あらあら、あんた、現世ではおとそを飲まなかったのかい？」

氷室姐さんが意外そうな顔をするので、あたしはこくんと頷く。

「うちの実家はおせちはつくっていましたけど、おとその準備はしていませんでした。うちの親は日本酒飲んでましたよ。あたしは苦手で飲んでませんでしたけど」

「そうかそうか。現世には、家族みんなで、元旦の日が昇る方向に挨拶し、次に祝い肴に挨拶してから、家長がおとそを最初に飲んで、あとは家長が家のものに振る舞う習慣があるんだがなあ……神域の場合はもっと大雑把だが」

「これ、大雑把ですか？　神域中にいる付喪神が飲みに来てますけど！」

「これでも一応年齢順にはなってるんだ」

「年齢順って……あたしたち、真っ先に飲まされましたけど……？」

付喪神は物が百年経たないと生まれないはずだから、付喪神より年上なんてことはありえないんだけれど。あたしはそう疑問を口にすると、氷室姐さんがあっさりと言う。

「一番上の立場の者が、若い者順に振る舞うもんさね。だからあんたが最初なんだろうさ」

なるほど。年が若い順な訳ね。

兄ちゃんは御先様の隣でハラハラしている。おとそが足りなくなったらすぐに注ぎ足さないといけないせいだろう。

勝手にあたしも兄ちゃんの気持ちを想像して緊張しているけれど、烏丸さんは暢気に笑う。

「おとそを家長が最初に飲んで、皆に分け与えるっていうのは、自分の力を皆に分け与えるってことなんだよなあ」

「ええっと……人間にも、ですか？」

御先様から力をもらうって……、雷落とせるようになるのかな。雷をじゃんじゃん落とせるようになっても、スタンガンのように使う位しか活用法が思いつかないなあ。あたしが馬鹿な結論に達したら、烏丸さんは飄々とした態度であたしの想像にストップをかける。

「どういう想像しているのかはわからんが、別に人間が神みたいに力が強くなるとか、自ものなんだから」

然現象を起こせるようになるとか、そんなことは全然ないぞ？　無病息災を願うっていう

「なんだ、ただの慣習なんですね……」

そうかと納得していたら、氷室姐さんはくつくつと笑う。

「まあいいんじゃないかい？　おとそを振る舞う気力なんて、去年までは全然なかったんだから。これが終わったら解散だし、あたしもおせちを分けてもらうよ」

そう言われて、あたしは思わず背筋を伸ばした。

「はい！　ちゃんとつくったんで食べてください！」

でも。御先様に出したお雑煮、冷めちゃうよなあ……また新しく出したほうがよさげ？

あたしは御先様がおとそを配り終えるまで、ただハラハラと見守っていた。

付喪神たちはおとそを飲み終えたら、散っていった。

ようやくひと息ついたところで、この子のおせちを食べはじめた。つくったこの子はというと、こちらがおせちを食べているのを固唾を飲んで見守っている。

年はじめだからといってこの子に申す言葉はないのだが。

「別に取って食うことはせぬ」

「い、いやあ。すみません。朝の儀式……でしょうか？　そんなことやるのを知らなかったんで、その間にお雑煮も冷めてしまって……温め直していたら時間かかってしまって、本当に申し訳ありませんでした」

そう言いながら、この子はかたかたと震えた。

寒いのだろう。普段ならば付喪神が火鉢を置いて行っているが、今日は年はじめだったがために、邪魔になると持って行っていた。しかしこの子は寒いとも言わずに我慢して座っている。人の子は難儀なものだ。

雑煮の汁をすする。本当に久しぶりに口にする味であった。最後に雑煮を食したのはいつだったかは、あまり思い出せぬ。

「問題ない……美味い」

「あ、それはよかったです」

この子が心底ほっとした声を上げるのを聞きながら、皿に載ったおせちを食べはじめる。重箱では他のものが食べられぬと思ったのであろう。こんな皿があったのかと、少しだけ感心する。

伊達巻を食べて、ごまめをゆっくりと咀嚼する。

久しぶりに食すものだ、そう味わいながら飲み込んだところで、この子の口元にふと目が行く。それに気付いたのかこの子は「はい？」と声を上げる。

「紅は差さぬのか」

そう尋ねたら、あの子は目を丸くする。

誕生の日を人は祝うようになったと聞き、用意した貝紅だ。女は祝い事になったら紅を差すと聞いていたが、この子の唇は寒さで青褪めている。この子は「いやあ」と頭を引っかく。

「料理の段取りのことばかり考えていて、化粧することを失念していました……申し訳ありません、せっかくもらったのに」

「そうか」

難しいものだ。神域に料理番を増やせばいいという訳でもない。紅を渡せばいいというものではないらしい。そう納得して再び黙々とおせちを食す。そんな我を見て、今度は声を上げて笑い出した。不思議なものだ、勝手に怒り出したり、勝手に笑い出したり、ころころと表情を変えるのだから、この子は。

　そして、突飛に声を上げる。

「あ、言うの忘れてました」

　箸を止め、この子に視線を向けると、この子は手を突いて、頭を下げた。

「あけましておめでとうございます、今年もどうぞ、よろしくお願いします」

　そう挨拶をしてきたのだ。

　思えば。社で年明けの挨拶を聞いたのはどれだけ前のことだったか。

　言葉は出ぬ。めでたいとも思わぬ。ただ、懐かしいとだけ思った。

「そうか」

　そう返したら、この子は今度は声を張り上げてきた。

「おめでとうで返さないんですかー？」

「この社の神は我だ。めでたいもなにもない」

「そうかもしれないですけど！」

　年明けとはこれだけ騒がしいものだったか。いや、人の世はいつだって慌ただしいものであったということを、なんとなしに思い出した。

　朝は落ち着いたものであったが、今頃は現世からの願いが届いていることであろう。

第六章

春の七草。せり、なずな、ごぎょう、はこべら、ほとけのざ、すずな、すずしろ。

死んだおばあちゃんから習った言葉を唱える。ちいさい頃、七草を公園で探したことがあるのだけど、せりやなずな、はこべらは見つけられても、残りを見つけることができなかったのをふと思い出した。

まだ暦の上では新年を迎えてからもうすぐ一週間のはずだけれど、雪を放置していたら畑がかちんこちんになってしまうからなのか、いつものように神域の畑では鍬神たちが雪かきをしている。三が日が終わった頃にはすでに鍬神たちは通常運転になっていた。

子供の頃には見つけられたせりやなずなも、こんな寒い中で探すのはなかなか大変だ。それに見つけ出すより見つけてもらったほうが早そう。あたしはさっさと七草探しを打ち切って顔を上げると、ちょうど雪を載せたそりを押しているころんを見つける。

「ねえ、ころん」と声をかけると、ころんはきょとんとした顔で、そりを押す手を止めてくれた。

「なあに？」

「いやねえ……七草粥を出そうと思うんだけれど、どれがどれかわからないんだ。小さい頃からせりとかなずな、はこべらは見つけられたんだけれど、他のは見つけられなかったんだ。知ってる？」

そう聞くと、ころんは急いでそりを押して氷室のほうに走って行ってしまった。どうやら雪を氷室に入れるついでに、採ってきてくれるらしい。あたしがしばらく畑で待っていたら、ころんは笠にたくさんの野菜を入れてもってきてくれた。

「はるのななくさ！」

そう言って見せてくれた七草に、あたしはきょとんとする。

せりやなずなはわかる。はこべらもなんとか。ごぎょうやほとけのざは生えてるのは見たことないけど、スーパーで見た覚えがあった。でも残りの草を見て、思わず「えっ」となる。

「これってさあ、かぶの葉と大根の葉だよねえ……？」

あたしが笠の中身を指さして言うと、ころんはこくりと頷く。

「すずな、すずしろ」

「えっ、かぶと大根……」

「すずな、すずしろ」

ころんが何度も繰り返すもんだから、あたしは思わず頷く。現世では七草がセットになった便利なものがあったから気にしたことなかった。かぶと大根の葉には別の名前がついてたんだ。

あたしは「ありがとー」ところんにお礼を言ってから、いそいそと勝手場に行き貯蔵庫に七草を入れておいた。

次の日の朝、あたしは七草粥をつくりはじめる。実は久しぶりの御先様への料理だ。正月の一週間は神様は現世から届く肴を食べることになっているらしい。思ってもいない正月休みをもらい、あたしはゆっくり過ごすことができた。

調理台で七草をざく切りにし、鍋に米と多めの水を入れて炊く。あたしがつくりはじめたものを見て、花火はきょとんとする。

「なんだい、いきなりおかゆをたべるのかい？　しょうがつがもうすぐおわるから？」

「まあ、そうだよねえ」

現世で一月七日に七草粥を食べるのは、暴飲暴食がたたってお腹を壊すから、荒れた胃を整えるためだけれど。別に七草粥をつくろうと思い立ったのはその理由ではない。

御先様は、正月のおせちを食べ終わったあと、社に籠もりっきりで食事がほとんど摂れていない。社にお供えされたお酒とちょっとの肴だけ口にしたら、すぐに眠りに部屋に行ってしまっている。あれだよね、疲れ過ぎたら食べるよりも寝るほうがいいってやつだよね。

ちょうど現世の神社もそろそろ落ち着く頃だし、せめて食べられるものと考えたら、七草粥になったのだ。

「御先様、最近はお供えのお酒以外ほとんどなにも口にしてないんだもの……」

「やしろからのおそなえだったら、だいじょうぶだとはおもうぞ？　かみさまへのかんしやがいっぱいだ」

「うん、そうかもしれないけどね。見ていてこっちがしんどいというか」

　ことことと煮て、米がくたりとしてきたところで、切った七草を加え、しんなりとしてきたら、鍋をかまどから下ろす。あとは醤油と塩で味を調える。

　それだけではさすがに寂しいから、漬け物も用意する。糠床から大根を取り出し、それを切って小皿に載せる。ついでに梅干しも添え、お椀にはお粥を入れる。

　七草粥、お新香。

　あたしはそれを膳に載せて、持つ。

「じゃあちょっと行ってくる」

「おーう」

　花火がぽっぽと火花を散らしているのを見ながら、勝手場を出た。

　兄ちゃんの酒蔵のほうを見たら、ちょうど蔵から兄ちゃんが出てきた。まだ正月休みなのかな？　今日も麴の匂いはしていない。手に持っているのは、恐らくは現世の神社でお供えされたお酒だ。

　兄ちゃんがあたしのほうに寄ってきて膳の上のものを見る。「おう？」と七草粥に目を留めた。

「久しぶりなのにずいぶん少なくないか？」

「そうだね。でも今日はせめて食べて欲しくてつくったんだから、それでいいんだよ。御先様もやっとひと息吐ける頃だろうけど、最近ほとんど食事してないのに、いきなりいつもどおりの食事を食べたら体に悪いよ。だからこれでリセットするの」

「別に神様だから、それが原因で体を壊すようなことはないと思うけどなあ」

「気分の問題だよ」

今まで摂っていなかったものを過剰に摂ってしまったら、体がびっくりしてついていかないと思う。人間の場合は食事だろうし、神様の場合は信仰だと思ったんだ。

そして、ずっと御先様はその信仰を糧に、願いを叶え続けている……信仰がなかった前よりはずっとましなんだろうけれど、今の御先様は病み上がりみたいなものだから、無理はしてほしくなかった。もちろん、神様としてこの神域を治めるっていう契約があるから、やめることはできないんだろうけれど、心配くらいはさせてほしい。

あたしは気を揉みながら、広間の前に辿り着く。

「食事をお持ちしました」

しばらくしたら、声が返ってきた。

「入れ」

「失礼します」

そう声をかけてから、あたしたちは広間に入る。

火鉢に炭は入れられていない。鍬神みたいに畑の世話をしないといけない付喪神以外は、まだ正月休みなのかな。ひんやりとする広間で、御先様は脇息にもたれてぐったりとしていた。少しだけ顔が青いのは、ずっと願いを叶え続けていたからなんだと思う。

「あの……御先様、お加減は大丈夫ですか？」

あたしがおずおずと声をかけると、御先様はちらりとこちらを見てくる。

「問題ない」

その声は疲れていて、からからに乾いているようだった。兄ちゃんは硬い顔で御先様の隣について、お猪口にお酒をなみなみと注ぐ。それを御先様は一気にあおり、あたしの置いた膳を見下ろす。

「……もう人日《じんじつ》の節句か」

七草粥を見て、そうぽつんと声を出した。

「はい、正月ももう終わりです。御先様、お疲れ様でした」

あたしはそう言って、頭を下げると、ようやく御先様は木匙を手にする。木匙ですくって口に含むと、ほっとしたように息を吐いた。しばらく静かにお粥をすくい、途中でお新香をこりこりと噛んで、再びお粥に手を付けたら、見るからに具合が悪かった顔の色も、少しずつよくなってきた。

このところ、肴以外のものをまともに食べていなかったから、ようやく食欲が戻ってきたみたい。今日の夕餉からは、普通の食事を出しても問題なさそうと、あたしはほっとした。

「……悪くなかった」

御先様の心底ほっとしたような声に、あたしは頭を下げる。

あたしは兄ちゃんと一緒に勝手場へと戻る。兄ちゃんはというと、納得いっているようないかないような顔をしている。

「なんというか、今日の御先様、手の込んだもの出したときよりもよっぽど喜んでなかったか？」

「単純に食べる元気がなくなってただけだと思うよ？『美味い』とは言ってないし」

「そうかもしんねえけどさあ……」

その声が少しイラついているように聞こえて、あたしは兄ちゃんを見上げる。

兄ちゃんはお酒つくるの休んでいるせいか、本調子じゃないのかもなあ。あたしは兄ちゃんに問いかける。

「兄ちゃん、七草粥だけで足りる？　まだ伊勢からもらってきたもの残ってるし、簡単なものだったらつくれるけど」

「いやあ……今日は食欲ねえから、お粥もらったら充分だわ」

「そう？」

うーん、これは。しょっちゅうお酒飲んでご飯残さない人とは思えない発言だなあ。なんか悩みでもあるのか。

兄ちゃんは昔は荒れていた時期があったけれど、あたしに愚痴を言ったり文句を言ったりすることはない。

烏丸さんにでも話を聞いてもらえるようにしたほうがいいのかな、それとも余計なことすんなって怒られるのかな。珍しく七草粥だけで朝餉を済ませてしまった兄ちゃんに、あたしは目を白黒とさせた。

＊＊＊＊

御先様がようやく御殿の広間で落ち着けるようになった頃、あたしは床下の貯蔵庫を漁りながら「んー……」と唸っていた。

冬になると畑で採れる野菜も限られてくる。もちろん氷室姐さんの氷室に行けば野菜の貯蔵はあるし、海神様の神域に行けば物々交換で季節の魚をもらえるけれど。それでもマンネリになってしまうのだ。

肉があったら、もうちょっとだけレパートリーが増えるんだけどなあ。

牛肉、豚肉、鶏肉……。残念ながら豊岡神社には、肉はお供えされていない。肉をお供えしている神社とのコネは、あたしにはない。

「どうしたのー？」

にゅるんとした感触がしたので、あたしは足元を見下ろす。

くーちゃんだ。最近よく遊びに来るなあ、この子。普段は酒蔵にいるから、醤油や味噌をつくるときに呼びに行かないと会わないいんだけどなあ。

あたしは「うーんと」と頬を引っかく。

「最近料理がマンネリでよくないなあと思って。だから、ちょっと貯蔵庫を見ながら、マンネリを打開しようかなあと思って」

「ふうん。くーちゃんよくわかんない」

にゅるんと伸びたり縮んだりしながら、くーちゃんはあたしを見上げる。

「こじかもなんかなやんでるみたいだし」

くーちゃんのマイペースな言葉に、あたしは思わず目を瞬かせる。

現世の兄ちゃんの実家は寒造りの造り酒屋で、今が一番忙しい時期のはずだ。寒造りの酒蔵っていうのは、この時期にお酒を造るものだから、そんな時期に悩んでるって……。

「兄ちゃん本当にどうしたの？　最近全然作業してないみたいなんだけれど」

「すらんぷーっていってた」

「スランプ……」

兄ちゃんはあたしよりも大分前にこの神域に神隠しされてきて、それ以来ずっとここの酒蔵でお酒をつくっている。

普段からよく言っておおらか、悪く言って大雑把な性格だからあんまり気にしてなかったんだけれど。その兄ちゃんがスランプ、ねえ……。

最近のことを振り返ってみると、心当たりはいろいろある。くーちゃんがやけにあたしになにか言いたげにしてたし、ずいぶん前から兄ちゃんから麹の甘い匂いがしなくなっていたし。こないだもなんかイラついていたし。あたしも自分のことで精一杯で気付いてあげられなかった。

　あたしはくーちゃんの視線に合わせて屈んでみる。

「それでくーちゃんは？」

「ひとりになりたいから、むこういってーっていわれたよぉー」

「そっか兄ちゃんに追い出されちゃったのか」

「くーちゃんくらでおひるねできなーい」

　くーちゃんはどこまでもマイペースだ。

「あー……ごめんね。でもひとりになりたいって相当だなあ……」

　兄ちゃん、相当参っている感じだよなあ。でも……。

　あたしと兄ちゃんは幼馴染だけれど、あたしは料理番だし、兄ちゃんは杜氏だ。やっていることはどっちも御先様にお供えするものをつくることだけど、つくっているものは全然違う。

　思えば、兄ちゃんはあたしと違って、神域に来てから一度も現世に帰っていない。他の杜氏さんに相談できたらいいんだろうけれど、それもなかなかできないよなあ。

　もしかして……あたしは恐る恐る聞いてみる。

「御先様に出すお酒も、用意できない感じ？」

「くーちゃんしらなーい」

「ああ、知らないか。ごめんごめん」

あたしはくーちゃんに謝りながら、考え込む。

スランプかあ……これぱっかりは、あたしが「話を聞くよ」と言って踏み込んでいい問題じゃない。

ええかっこしいの兄ちゃんがあたしに対して愚痴を吐いたりするのかね。しないよね、多分。

あたしは頭を引っかきながら、貯蔵庫を再び漁った。出てきたのは秋の間に採ってきて干していたきのこだ。普段から出汁に使ったり、戻して炊き込みご飯をつくったりしている。

せめて兄ちゃんの好物をつくってあげることしか、できないか。

＊＊＊＊

今朝、海神様にもらって氷室に預けておいた魚介類を取りに行く。今日使うのはたこに鯖。

「あらまあ、浮かない顔してるねえ」

氷室姐さんにそう声をかけられて、あたしは思わず「えー」と言う。

「いや、あたしは全然元気ですよ。ただちょっと……」

「こじかが悩んでることかい？」

「って、姐さん気付いてたんですか⁉」

　あたしがぎょっとした顔をしているのに、氷室姐さんはあっけらかんとしている。

「これでも面倒臭い男の相手をすることが多いからねえ。この神域は御先様を筆頭に面倒臭い男ばかりじゃないいか」

「それを言いますか……」

　あたしが思わず脱力していると、氷室姐さんはくくくと笑う。

「まあ、あんたは一緒になって悩んだり、ましてや解決しようなんて思わないほうがいいと思うけどねえ」

「なんでですか？」

「こじかの悩みはこじかのものであって、あんたが一緒に悩んでいいことじゃないからさ」

「……ええっと？」

　わかったような、わからないような。あたしは困って眉を寄せてしまうと、氷室姐さんはくつりと笑う。

「最近あれも酒をくれないからねえ……悩んでいるのは酒のことだろうさ。だからといってあんたが代わりに酒を造れる訳でもないだろう？」

「そりゃ、そうなんですけど」

　氷室姐さんの言うことをあたしはまだうまく咀嚼できないでいた。あたしがますます眉を寄せて皺をつくってしまったら、氷室姐さんは笑いながら眉間の皺に指を突っ込んできた。痛い。冷たい。痛い。なに。

「見守っておやり。それだけで充分さ」

「んー……それもまた薄情じゃないですか？」

「薄情《うすなさ》けかどうかは知らないけれど、自分の悩んでいることなんて、自分で解決する以外ないってことさね。他人にあれこれと解決案を提示されても納得できないってもんさ」

まあ、それなら腑に落ちた。急に自分のつくっているものに自信がもてなくなったら、それを誰かに「おいしい」と言ってもらえても納得できるものじゃない。自分が納得しないと意味がない。

あたしは氷室姐さんに頭を下げてから、急いで勝手場へと帰る。

貯蔵庫から里芋を取り出すと、その皮を剝いて乱切りにし、たこはぬめりが取れるように塩でもみ洗いする。花火に「お湯を沸かして」と言ってから、たこを塩水で下茹でする。

それらを花火に頼んで出汁に浸して米と一緒に炊いてもらうことにした。

その間に鰆を三枚におろす。身をひと口大に切ったら、厚揚げも同じくらいの大きさに切る。この厚揚げはこの間豆腐からつくっておいたものだ。続いて【ポン酢】と書かれた瓶を手に取る。

これは醬油に、柚子の果汁、みりんを混ぜて、鰹節と昆布を漬け込んで置いておいたものを濾したポン酢醬油だ。正月休みの間につくっておいた。出来立てはまだ柚子の酸っぱさが際立つけれど、今日は煮込み料理だから、酸っぱくっても気にしない。

ポン酢醤油を鍋に入れ、それを水で割る。そこに切った鰆と厚揚げを入れると布巾で落とし蓋をして煮込み、煮立ってきたらアクを取る。

出汁を鰆と厚揚げが吸ってくれるまで放っておく。

かぶは皮を剝いて四つ切りにし、葉は小口切りにする。

干しきのこは水で戻しておく。このきのこは秋のうちに採ってきたものだけれど、名前は馴染みがなくって忘れた。食べられるところろんが教えてくれたから、それを干して出汁やおかずに使わせてもらっている。

かぶは一度塩茹でにしてから水気を切り、きのこの戻し汁とみりんを入れた鍋で煮てから、醤油で味を調整する。かぶを取り出してから、きのこの半分とかぶの葉を加え、さっと火が通ったのを確認してから、片栗粉を水で溶いたものであんをつくり、器に盛ったかぶにかける。

隣の鍋に鰹節で取った出汁を入れ、残りのきのこをたっぷりと入れてから、味噌を溶き入れる。

ご飯が炊き上がったのを確認してから、お茶碗に盛り付ける。

たこ芋ご飯、鰆と厚揚げのポン酢煮、かぶのきのこあんかけ、きのこの味噌汁。

夕餉は兄ちゃん、御先様に出すお酒どうするんだろう。あたしは気を揉みながら、料理を載せた膳を持ち上げた。

廊下に出ると、火の玉がぽわぽわと浮いているのが見える。

今日もしんしんと雪が降り、急いで行かないと料理が冷めちゃう。あたしは「ひいっ」と肩を竦ませながら、廊下を足早に進んでいた。

しばらく歩いていたら「おっ」と声をかけられる。兄ちゃんだ。

今日も兄ちゃんは麹の発酵臭がしない。くーちゃんが追い出されるくらいのスランプって本当なんだなあ。なのにこの人と来たら、顔には全くそれを出していない、いつもどおりの顔だ。

「兄ちゃん」

「おお、今日も美味そうだな」

「まあね。最近はマンネリになっちゃっているから、もうちょっとそれを打破できたらいいなあとは思うけど」

「これだけつくって、まだマンネリだと言うのかね」

そう他愛のないことをしゃべりながら廊下を進んでいく。兄ちゃんの持っている銚子には酒は入っているし、口調だって本当にいつもどおりなんだから、匂いさえ嗅がなかったら、いつもと違うなんて気付きやしない。この人本当にええかっこしいだよなあ。

そう呆れながら、広間へ続く綺麗な襖の前に辿り着く。あたしと兄ちゃんは姿勢を正す。

「夕餉、お持ちしました」

「入れ」

声をかければ、すぐに返事が返ってくる。このところ御先様の機嫌はいいらしい。そのことにほっとしながら、あたしたちは「失礼します」と襖を開けた。

豪奢な広間は相変わらず青々とした畳が薫り、金箔張りの屏風の前では、御先様が脇息にもたれかかって待っていた。

部屋の隅には火鉢に炭が入れられ赤々と燃えているから暖かだ。

あたしは膳を御先様の前に置き、その隣で兄ちゃんが酒を注ぐ。御先様はそれをちろりと舐めてから、じっと兄ちゃんを見る。兄ちゃんは少しだけ表情を引き締めて、御先様と目を合わせる。

御先様は日頃から兄ちゃんのお酒をすごく気に入って褒めている。あたしはお酒の味はあまりわからないから、それらの違いはわからないんだけれど。御先様はお酒の味でなにかを感じ取ったのかもしれない。

ハラハラとしながら眺めていたら、御先様は口を開いた。

「なんだ、今日はずいぶんと味が濁っているな」

「濁って……ますか」

そもそもこのところ酒造りをしてないんだから、前からあるものを持ってきただけだろうけれど。

もしかしたら兄ちゃんがスランプで悩んでいるのが、ダイレクトに酒の味に出てしまったのかもしれない。

兄ちゃんはその言葉に少しだけ唇を噛みつつ、どうにかして、言葉を絞り出そうとする。

「本当に……申し訳ありません」

「別に謝罪は聞いていない。訳を聞いているだけだ」

兄ちゃんの謝罪に、御先様はぴしゃりと言う。……多分だけれど、御先様は今日は機嫌が悪くないから、本当に理由を聞きたいだけじゃないかな。本当に気分を損ねたんだったら、この人は本物の雷を落とすはずだから。ちゃんと兄ちゃんが理由を言えば、そこまで怒らないいんじゃないかと思う。あたしはちらちらと見るけれど、兄ちゃんは口を開こうとしない。

あぁーん、もう！　男のプライドとかって面倒臭い！　あたしはどうにか気まずい空気を変えようと、口を開く。

「申し訳ありません！　今晩は寒いので、そろそろ料理を食べないと、冷めてしまいます！」

御先様はあたしがべちゃりと畳に手をついて声を張り上げるのに、ぴくんと瞼を動かしてから、あたしのほうに「説明せよ」と言ってくるので、あたしはいつものようにたどたどしく料理の説明をした。

食事が終わり、膳を運びながらも、あたしは兄ちゃんを半眼で眺める。兄ちゃんは浮かない顔をしている。

あー、もう。あたしは溜息ついてから口を開く。

「御先様も言ってたけど。兄ちゃんなにがあったの？　くーちゃん勝手場まで来て『追い出された』って言ってたよ」

「あー……くーには悪いことしたな」

「そうじゃなくってさ。スランプだーって、くーちゃんは言ってたけど」

「あー、あいつそこまで言ってたかあ」

「意味はわかってないと思う」

ふにゃふにゃしているくーちゃんを頭に思い浮かべながら聞いてみると、兄ちゃんがガシガシと頭を引っかいた。

「お前はさ、出雲に行ってからどうだったよ？　御前試合《ごぜんじあい》したろ？」

「えー？　うん、まあ。負けたけどね」

いきなり出雲の宴の話まで飛んだかと、あたしは驚いたけれど、それに答える。

出雲で行われている神在祭に行った際、いろいろあった末に、神様たちの前で御前試合という名の料理勝負をすることになった。試合相手はあたしよりも経験のある料理番さんで、腕も技も全く及ばず、当然のように負けたのだけれど。

でもいきなりなんでそんな話になるんだと思っていたら、兄ちゃんは頭をガシガシ掻きながら話を続ける。その横顔は、ここではないどこかを見ているようだ。

「出雲ですげえ美味い酒に出会ってなあ。それをつくってみたいって思っても、どうにもうまくいかないんだよな」

「もしかして……スランプの原因ってそれ？」

この人、知らないうちに二ヶ月も悩んでいたのか。

あたしが「知らなかった」という顔をすると、兄ちゃんはふっと笑う。

「まあな。井の中の蛙だって気付いた訳。でもいざ勉強しようと思っても情報交換だってままならないしな」

「あー……そういう」

そっか……。

これはあたしが口を挟めることじゃないなあ。あたしは「うーん」と唸りながら、勝手場にある干しきのこに思いを馳せた。

兄ちゃんは一旦酒蔵に戻り、あたしはひとり勝手場に戻ったら、急いで鍋を出してきて、そこに油を注ぐ。かまどで丸まっていた花火が不思議そうに目をぱちりとさせている。

「なんだあ？　まかないは？」

「ちょっと待ってね。先に追加メニュー」

「ついかって……まかないなのに？」

「悩んだときは、好きな物を食べるの。解決はできなくっても、落ち着くから」

お酒のことには全然力になれない以上、せめてそれぐらいはしてあげたいなあと思ったんだ。

油が温まったのを確認して、置いていたきのこをひと摑み投入した。衣はなし。揚がったのを確認してから、油を切って皿に載せ、塩をふった。

あと、たこ芋ご飯をおにぎりに握って、きのこの味噌汁をお椀に注いだところで、片付けを終えた兄ちゃんが勝手場に入ってきた。

「おっ、これは御先様に出してなかったよな？」

きのこの素揚げを見て、目をきらきらさせて兄ちゃんは言う。

兄ちゃんは凝った料理よりも、お酒の肴みたいなもののほうが好きだもんなあ。残念ながら神域ではチーズは手に入らないし、豆腐の温かいやつは今の時期だとすぐに冷めてしまう。あたしはきのこの素揚げをひょいと兄ちゃんのほうに勧めておく。

「まあ今日はお酒でも飲みながら、肴でも食べたら？」

「え、まじでか？　ありがとな」

「はいはい」

あたしはそう言いながら、手伝ってくれた花火にはきのこの素揚げを振る舞う。くーちゃんには里芋の皮の部分をあげることにした。

兄ちゃんの問題って、同じ杜氏の人に相談したら解決の糸口が見えるかもしれないんだけど、どうにかならないのかなあ。

そう思いながらむむむと眉を寄せておにぎりを頬張ったあたしとは対照的に、兄ちゃんは自分用のお酒を飲みながら、きのこの素揚げをおいしそうに目を細めて食べているだけだった。

……妹分には、さすがにこれ以上愚痴を吐き出せないって訳か。あたしはそれ以上は追及せずに、賄いを食べることに集中することにした。

＊＊＊＊

兄ちゃんのスランプは続いて、しばらくは御先様にお酒が出せなくなってしまった。

お酒の味が濁っているということは、いよいよ兄ちゃんのお酒は対価に使えない。海神様の神域にお邪魔する際は、あたしがつくった保存食を持って出かけるようになった。今日も昆布の佃煮を持って出かけて行ったら、海神様はいつもどおりに出迎えてくれた。

「海神様、おはようございます！」

「おはよう。ここ数日は杜氏殿を見ないがどうかされたか」

海神様はいつものように長いわかめのような艶を帯びた髪を揺らしている。海神様の言葉に、あたしは言葉を詰まらせる。

「あ……兄ちゃん、スランプみたいで。最近酒蔵に籠もりっきりなんです」

氷室姐さんは「放っておけ」と言うけれど、あたしはなにかしたほうがいいんじゃないかとハラハラしながら見てしまう。見守るなら、もっとどっしりと構えていないとできないことじゃないかな。

あたしがしゅんとしながらも、保存食の佃煮を渡すと、海神様は「そうか……」と頷く。

「なかなかままならぬものだな。わらわたちが口を出すものでもあるまいし」

「やっぱり海神様もそう思いますか？　あたし、見てるだけしかできなくって、つらいというか……」

「杜氏殿には矜持というものがあるからな。傍からとやかく言って、矜持を傷つけてしまうこともあるから、見守る以外できないであろう」

海神様も、氷室姐さんと同じ意見かあ。意地とか矜持とか、あたしにはさっぱりなんだけどなあ……。あたしがぐんにゃりとしている中、海神様は魚と昆布、鰹節を取ってきてくれた。

「現世に戻れたらよかろうが、それは御先殿が決めることであろうな……」

「それって、他の杜氏さんと話をしてこいってことですか？」

「寒造りの酒蔵であれば、今が繁忙期であろう？」

そう言われて、あたしも「ああ……」と声を漏らす。

兄ちゃんの実家である造り酒屋の『古巣酒造』は、晩秋から春までがお酒をつくる時期だ。現世では、今が一番の繁忙期のはず。この時期には他所から、杜氏や蔵人《くらうど》を呼んできて作業していると教えてもらったことがある。

酒蔵の指揮を執っている杜氏や、酒蔵の仕込みを行っている蔵人は、季節限定で働く人も多く、古巣酒造も冬の間いっぱいは住み込みで大勢の人が蔵の管理を行っている。もし兄ちゃんが現世に帰れるんだったら悩みを話せる相手もいるだろう。

でもなあ……これってあたしが御先様に「兄ちゃんを現世に帰らせてください」と言え

ばいい問題でもないでしょ。御先様は不愛想だけれど、兄ちゃんのお酒に関してはあたしの料理よりも評価している。兄ちゃんが神域に戻ってくると確約できなかったら、簡単に帰らせてはくれないと思う。

あたしが「うーん……」と唸り声を上げていたら、海神様はいつものようにころころと笑う。

「こればかりは、御先殿と杜氏殿が話しあって決めることであろうな。見ているのはつらいかもしれぬが、口を出していいものと悪いものがあろうよ」

「そうですかねえ……」

氷室姐さんも「放っとけ」としか言わないし、見てるだけなんて薄情じゃないかとも思うけれど。たしかに兄ちゃんもギリギリまで口を割らなかったくらいだから、あたしに心配をかけたくないんだと思う。

あたしが海神様に「ありがとうございます」と言ってから、元の道を帰っているとき。

御先様の神域が何故だか騒然としていることに気付く。

雪かきしている鍬神たちは、恐々と御殿のほうを見ているし、御殿の面倒を見ている付喪神たちもパタパタと走り回っている。え、なに？

あたしは不思議に思いつつも、もらった魚を氷室に片付けに行こうと氷室への道を急ぐ。すると氷室姐さんもまた氷室の外に出てきて、空を仰いでいた。

「あの……なにかありましたか？」

「どーうもねえ。御先様の社でなにかあったらしくって、烏丸が慌てて飛んできたんだよ」

「え？　社って、御殿の奥にある？」

「現世のだよ」

ええ……。

あたしと兄ちゃんが住んでた商店街にある豊岡神社……。まさか豊岡神社になにかあったの？　もしかして、御先様の身にも……。

あたしの血の気が引いているのに気付いたのか、氷室姐さんがひらひらとあたしの顔面で手をかざす。

「勘違いさせるような言い方したねえ、別に御先様の社自体には問題はないさね。ただねえ、願掛けされたもんが、ちょっとねえ……」

「願掛けって……」

正月が終わるまで、御先様がずっと社に籠もりっきりで願いを叶え続けていたのを思い出した。

氷室姐さんはなにかを言いたげにふがふがしているけれど、うまく発音できなさそうだ。

「ええっと……いんふえんさ？　それが原因で全滅したから助けてって願いがあってねえ。それで烏丸が願いを調べに行って、そのまま慌てて戻ってきたかと思ったらこの騒ぎさね」

「いんふえんさ？　もしかして……インフルエンザで全滅？　どこが？」

商店街の皆の顔がよぎり、あたしの心はざわつく。

「酒蔵の杜氏も蔵人もやられたって。それを烏丸から聞いたんだろうね、こじかが慌てて御先様のところにすっ飛んでいったよ」

「え……ええ…………!?」

姐さんにしてはずいぶんと要領を得ない説明だったけれど、ようやく事情が呑み込めた。兄ちゃんの実家の古巣酒造で働く人たちが全員インフルエンザで倒れちゃったんだ。誰かがそれで神社に神頼みに来たんだ、きっと。

酒蔵は滅菌が徹底されている。神域みたいにくーちゃんが発酵を全部管理してくれているんだったらともかく、現世では糠床の世話をした手で酒蔵に入るなと言われているくらい、菌は酒造りの天敵なのだ。

しかもこの時期忙しいのは、なにも兄ちゃんの家だけじゃない。寒造りの酒蔵はどこもかしこも忙しいんだから、人手が足りないから手を貸してくれと言って臨時で人員募集なんてできない。

もし人手が足りなくてお酒が造れなくなってるんだとしたら……あたしは古巣のおじちゃんを思い浮かべる。

兄ちゃんが帰って手伝ったほうがいい。

「兄ちゃん、御先様に現世に帰してくれって直談判に行ったんですか？」

「さあてねえ。あの人、前よりは丸くなったけれど、帰してくれるのかねえ」

この状況でも、氷室姐さんの態度はあっけらかんとしたものだった。

「氷室姐さんは誰の味方なんですかあ！」

「あたしはあたしの一番の味方さね」

こりゃ氷室姐さんは御先様の説得はしてくれそうもない。あたしは「ちょっと行ってきます！」とばたばたと御殿のほうへと走り出した。

普段廊下を掃除している付喪神も、あちこちの火鉢に炭を運んでいる付喪神も、恐々とした様子で広間のほうに視線を向けている。

「ごめんねごめんねっ……！」

その付喪神たちを踏まないようにしながら広間のほうに行ってみると、襖の前では付喪神たちが集まって、広間の中の様子を窺っているようだった。あたしはそっと襖に耳を傾けてみる。

「……帰らせてください」

兄ちゃんの硬い声が聞こえる。それに、がばっという衣擦れの音に、畳の擦れる音。薄く襖を開けて見てみたら、兄ちゃんが御先様に土下座しているのが見えた。

対して御先様は、いつものように抑揚のない声を兄ちゃんに投げかける。

「理由を申せ」

「……じっ、実家の人手が足りないんです。このままじゃ、うちの蔵が潰れてしまいますんで……！」

「そうか」

あたしは耳をそばだてて、喉を鳴らした。

あたしが昔に、現世に帰りたいと御先様に直談判したことを思い出す。そのときは雷を落としながら怒っていたけれど、今回はその時とは違った。

御先様の声は続いた。

「戻って来るのか？」

「え……？」

「戻って来るのかと聞いておる。我の前で嘘をつけば、どうなるかはそちも知っているとは思うが」

その言葉に、あたしははっとなる。

……神様の前でした約束を破ることは、死を意味する。これは御先様の意向でどうにかなるものではなく、神域の面倒臭いルールみたいなものだ。兄ちゃんはどう答えるんだろう。あたしはハラハラしながら兄ちゃんの返答を待っていたら、兄ちゃんはあっさりと答える。

「当たり前です。ここの蔵、まだ誰かに明け渡す気はないので」

「そうか。面を上げよ」

そう御先様に促された兄ちゃんが顔を上げる。

「そちの酒が飲めぬのはつまらぬ。さっさと行《ゆ》け」

「……ありがとうございます！」

もう一度、がばっと音を立てて兄ちゃんが立ち上がると、すぐにガラッと襖を開いた。

途端に覗き見していたあたしや付喪神たちは尻餅をついて引っくり返った。

「はあ？　お前なにやってんの」

兄ちゃんは尻餅ついているあたしの顔を見て、呆れたように目尻を下げた。あたしはそんな兄ちゃんに声を上げる。

「し、心配しちゃ悪い!?　兄ちゃん家が大変だって聞いたんだから!!」

「おう、帰ってもいいってさ！　あぁー、緊張したー。お前のときみたいにもっと雷とかガンガン落とされると思ってたのに、日頃の行いがよかったからなあ。うんうん」

軽っ。なんだこの人、軽っ。あたしの心配をよそに兄ちゃんと来たら、本当にマイペースなんだから腹が立つ。心配して損したじゃん！

兄ちゃんがあまりにもいつもの調子なのにあたしが拍子抜けしていると、雪が積もった中庭を誰かが歩いているのが見えた。まるでこうなるのがわかっていたかのように、のほほんとしている氷室姐さんだった。

「あらまあ、やっぱり帰るんだねえ」

「あ、氷室姐さん。兄ちゃんの見送りですか？」

「まあそんなとこだねえ」

あたしが慌てて中庭に下りると、氷室姐さんはのんびりした様子であたしの視線をすり抜けて兄ちゃんを見る。思わずあたしも兄ちゃんのほうに振り返ると、兄ちゃんはなんとも言えない顔で、鼻の下を擦り上げた。

「まっ、実家の危機なんで」

「あんたからそんな言葉を聞く日が来るとはねえ」

「それは姐さん、言わないで」

なんか兄ちゃんと氷室姐さん、ふたりだけで話をしてる……。話の前後がさっぱりわからんと首を捻っている間に、烏丸さんが飛んできた。

「ああ、こじか。ちゃんと許可もらえたか？」

「あ、烏丸さん。ばっちりです。俺、りんのときみたいに揉めると思ってたんですけど、あっさりと許可が下りて逆に拍子抜けしました」

「それはあたしもびっくりしました」

あたしが「はぁーい」と手を挙げて烏丸さんを見ると、烏丸さんは苦笑する。

「あの人も、こじかの不調を聞いてあれで結構心配していたからな。実家の手伝いに戻っている間に、スランプを脱出するなにかを摑めたらいいさ」

「親父がこっちに帰してくれるといいんですけどねえ……」

兄ちゃんは苦笑しながらも、ぺこっと頭を下げる。

「それじゃ、お願いします」

「はいはい」

烏丸さんはひょいと兄ちゃんを摑むと、そのままバサバサと飛んでいってしまった。あたしは兄ちゃんに手を振りつつ、声を張り上げる。

「兄ちゃん、四年も行方不明になってたんだから、ぜーったい大騒ぎになるけど、どうせ三日で騒ぎも収まるから、気にしないでねー！」

「それ無茶苦茶気になるやつだろ!?」

そう兄ちゃんが大声で怒鳴り返すのを聞きながら、あたしは手を振っていた。

なぁんか新鮮。見送られることは何度かあったけど、見送るのはこれがはじめてだ。あたしの隣では氷室姐さんがやれやれと頰を緩ませていた。

「あらまあ、立派になっちゃって。もっとへたれているのだとばかり思っていたけど」

氷室姐さんがそうしみじみとした口調で言う。思い出したのはこの前に兄ちゃんのことで姐さんに愚痴っていたときのこと。氷室姐さんは終始あっけらかんとしていたけれど、思えば氷室姐さんは兄ちゃんが神域に来たばかりのことも知っているんだよなあ。

「そういえば氷室姐さんって、兄ちゃんがここに来たばかりの頃の様子も知っているんですよね？」

疑問を口にしてみたら、氷室姐さんはぱちくりとしてこちらを見返してくる。

「そりゃ知ってるさね。百年も前のことじゃないんだから、忘れることなんてないよ」

「はあ……」

「じゃあ逆に聞くけど、あんたはこじかのなにを知ってるってんだい？」

そう氷室姐さんに言われてしまうと、あたしも困ってしまう。

兄ちゃんは学生の頃、とにかく荒れていて、似合わないリーゼントまでして暴走族まがいのことをしていた。それでよく古巣のおじちゃんと殴り合いの喧嘩をしていた。同じ商店街に住んでいたから、学校帰りだったり買い物の行き帰りだったりにそんな光景を目撃することがあった。

酒蔵を継ぐ継がないで揉めていたようだけど、何故あそこまで反抗していたのかまでは知らない。ある日ぱったりとリーゼントを止めたと思ったら、杜氏の修行をはじめたんだ。その理由だって詳しくは知らない。

「近所の造り酒屋の跡継ぎで、五、六年前までは継ぐ継がないで揉めていたってことは知ってるんですけど……兄ちゃんが杜氏の修行をはじめた前後のことは知らないです」

「あれも相当頑固だから、自分でも封印したいこともあるんじゃないかい、すさんでみっともないところをあちこちに見せて回ってた頃のことなんてさあ」

氷室姐さんがしみじみと言うので、あたしは恐る恐る姐さんの横顔を見る。氷室姐さんはのんびりした様子で、烏丸さんと兄ちゃんが飛び去った空を仰いでいる。

「あれもねえ、意地があるから、悩んだりしていることをぎりぎりまで口にできないところはあるんだよ。それはここにいる男共、全員おんなじだけどねえ」

「意地って……」

海神様もそんなことを言っていたような気がするけれど。あたしが納得できないでいるのが顔に出ていたのか、氷室姐さんは笑いながらデコピンをしてきた。痛い。

「あんたの場合は、料理がしたいからここにいる。わかりやすいけどねえ。皆が皆、そんなにわかりやすくできちゃいないって話さね。まあ、ここから先はあたしの独り言だけどね」

「……ええ？」

あたしは氷室姐さんを怪訝な顔で見ると、姐さんは口元に悪戯っぽい色を宿してみせた。

「あんたが烏丸にどこまで聞いたか知らないけど。御先様が大荒れだったとき、ここの神域は無茶苦茶だった。料理番は長く続かないし、ちょっと気概のあったやつも現世に戻った途端にここでの出来事をなかったことにしちまって約束を反故《ほご》にしちまったもんだからくたばっちまったりってね。これじゃ埒が明かないってことで、烏丸も困り果てて、境で暮らしている付喪神にここの神域に住むように掛け合ったり、社と契約が切れて暇を持て余している神を誘ってこの神域の管理を手伝うように求めたりね。あたしも暇を持て余していたひとりだったから、誘いに乗ってここで厄介になることにしたんだけどねえ」

思ってもいなかった話の展開に、あたしは思わず目を瞬かせる。

兄ちゃんの話をしてたんじゃなかったの？　一瞬そう思ったけれど、あたしは黙って氷室姐さんの言葉の続きを待った。

「烏丸がこじかを連れてきた頃も、料理番が何人か追い出されたときだったかねえ……当時は、御先様はなにを食べても味がしなくて、なにを食べても満足できなかった。それはつらいだろう？　だから烏丸もせめて酒くらい飲ませてあげたかったみたいだね」

あたしは押し黙る。

連れて来られた料理番さんの中には、庵さんみたいに御先様を怖がり過ぎてまともにコミュニケーションが取れなかった人や、逆に御先様に同情してどうにかしようと現世に戻ったのはいいものの、御先様を助けるという約束を反故にしてしまったために、死んでしまった人もいたのだ。

そんな中で御先様のところに連れて来られたばかりの兄ちゃんは、グレていたのが落ちついて、杜氏修行をしている真っ最中だったはずだ。まだ刺々しいときだったと思うけれど、大丈夫だったんだろうか。

あたしがハラハラしながら、話の続きを待っていると、氷室姐さんはあっけらかんと笑ってみせる。

「あんたが心配しているようなことなんて、なーんにも起こっちゃいないよ。ほら、こじかだって死んじゃいないだろう？」

「も、もう……！　氷室姐さんってば驚かせ過ぎ！」

「あはははは……ただねえ、あれもそれなりに悩んでたみたいだよ」

「悩んでたって。酒蔵を継ぐ、継がないのことですか？」

「そうさねえ。あたしは現世の事情をあまり知らないんだけれどね。こじかの酒、あれは現世であまり出回らなくなったんだって？　御先様のところに奉納される酒も、なんかうっすい麦酒《ビール》が増えたしねえ」

あたしは頷いた。

兄ちゃんが日本酒に未来がないって思っていたのはあるのかもしれない。ビールや発泡酒も安いものが増えたし、若者が日本酒を飲む習慣も減った。それにコンビニに行けば焼酎もあるし、ワインも、ブランデーもあるから日本酒以外の選択肢もぐんと増えた。造り酒屋も昔はもっとたくさんあったらしいけれど、その数は少しずつ減っている。

今でこそ世界規模で日本酒が注目されるようになっていたり、小さな酒蔵がＳＮＳで注目されたりしているけど、総合的に、国内シェアは他のお酒に押されてしまっているんだ。

大手の酒造メーカーは、酒蔵の数を減らして、日本酒だけでなく、成分を抽出して化粧品や健康食品をつくって売る方向に転換してるけれど、地産地消するような地元密着型の酒蔵では、それも難しい。通販するのだって、予算や人手がないとできないんだから。

あたしが黙り込んでしまったのに、氷室姐さんがにんまりと笑う。

「まあ、御先様の社に人が集まらなかったのと似たようなことが、こじかの家でも起こってたって訳さね」

「あたしは……兄ちゃんからそういう愚痴、聞いたことないです」

「そりゃまあ、妹分のあんたに言うことじゃないからだろ。こじかだって、家を継ぐ継がないで、ずいぶんと悩んでいたみたいだしね。悩みながら修行してたところで、いきなり神隠しされちまったら、そりゃ混乱するだろうさ。でもねえ、あれにはそれがよかったのかもしれないね」

「よかったって……神隠しされたことが、ですか？」

さっき、兄ちゃんが言っていたことを思い出す。「ここの蔵をまだ誰にも明け渡さない」と。

氷室姐さんはあたしの問いに、けざやかに笑って頷いた。

「神域っていうのは、よくも悪くも、雑音が入らないからね。他人の意見に流されない。その分自分の意見しかないから、自分の胸によく問いかけてみないとどうにもならない問題があるもんさね」

「それが、兄ちゃんが酒を造る造らないってことなんですか……？」

「あんた、あたしが言っていたこと、聞いてないのかい？」

「ええっと……？」

「こじかはねえ、一度も言ってないんだよ。未来がないとか、酒は流行らないとかいろいろ言い訳を並べていてもね、酒が嫌いだとはね」

あたしは思わず「はあ……」と溜息が出てしまった。

兄ちゃんは普段飄々としているし、スランプで悩んでいるところを見たのだってこの間がはじめてだ。近くにいたあたしでさえ悩んでいることに、ちっとも気付かなかったくらいだ。

……兄ちゃんって、あたしが思っている以上にお酒を愛しているのかもしれない。ううん、愛してるとか愛してないとかそういうのじゃない。空気みたいなものなんだ。あたしが料理をつくらないと生きていけないのと一緒。兄ちゃんにとって、お酒に関わることは生きることとそのものなんだ。

　本当に、溜息しか出てこない。そんなあたしを見て、氷室姐さんがからからと笑う。

「まあ、あんたも気にせず自分の仕事をしな。あれも帰ってくる頃には不調も治っているだろうさ」

「そうだといいんですけど……ただ、ちょっとだけ気になって」

「なんだい？」

「兄ちゃん、ここに戻ってくるって言ったんですよ。古巣の酒蔵継ぐのか継がないのかで悩んでいたのに……なんでだろうって」

「おやまあ。じゃあ聞くけど、あんたはどうしてここに戻ってきたんだい？」

「そりゃ、まあ……」

　少し前の、御先様の社が放ったらかしにされていた頃だったらいざ知らず、今の御先様はそこまで弱ってもいないし、癇癪を撒き散らしたりもしない。あたしがいなくってももう大丈夫なはずなんだけれど、それでも御先様にあたしのつくったご飯を食べて欲しいのだ。あたしはまだ、御先様に出した料理に満足なんてしていない。

「納得してるか、してないか？」

　兄ちゃんの場合は……どうなんだろう。

「そうかもしれないし、そうじゃないかもしれないさね。あたしもこじかじゃないからわかりゃしないよ。はい。独り言終了。あんたも戻った戻った」

「わっ……！」

思いっきり氷室姐さんに背中を叩かれた。勝手場に戻るしかない。夕餉をつくりはじめるにはちょっと早いけれど。

でもまあ……。もうそこまで心配しなくってもよさそうだなあと、あたしは少しだけほっとした。

第七章

兄ちゃんが現世に帰ってから、ちょっとだけ神域が静かになったような気がする。兄ちゃんがいなくなったらもっと寂しくなるんじゃないかと思っていたけど、意外としんみりしている暇がないことに驚く。

朝餉と夕餉の準備、その合間に洗濯や掃除。雪がひどい日だと海神様の神域まで歩くことができないから、保存食づくり。いつもと同じだけど、毎日やることが詰め込まれている。

兄ちゃんがいなくなって三日くらい経った日、あたしはひと晩水に浸けていた大豆を水切りし、鍋に入れていた。

そろそろ少なくなってきた味噌をつくるのだ。

「それじゃ、あたしは大豆に火が通るまでにくーちゃん呼んでくるから、花火は鍋が沸騰したら弱火にしてね」

「おーう、いってらっしゃい」

手を振る花火に見送られて、あたしは酒蔵に向かった。酒蔵は主が不在のせいで当然灯りもなく、煙も立ち上っていない。それを見てあたしは息を吐き出し、酒蔵の戸を開けた。

「くーちゃーん。味噌つくりたいんだけど、手伝ってくれないかなー？」

声をかけてみるけれど、返事がない。普段はよく樽の下に入って寝ていて、呼べば返事をしてくれるのに。あたしは酒蔵に足を踏み入れてきょろきょろと辺りを窺う。

「くーちゃーんくーちゃーん」

「……りんー」

ようやく間延びした声が返ってきた。くーちゃんは酒蔵の樽の下で丸まって、いじいじいじいじしていたのだ。いつもマイペースなくーちゃんなのに、こんなにいじけているのははじめてだなあ。あたしはしゃがみ込んで、くーちゃんと視線を合わせる。くーちゃんはへにゃーと溶けたまんま、こちらを見上げた。

「くーちゃん、大丈夫？　兄ちゃん帰ってこないから寂しい？」

「さびしいよー。だってくーちゃん……」

くーちゃんは視線を落として、べちゃーと床に広がってしまう。

「こじかがいなかったらやることないもん」

そう言って丸まってしまう。そうだよなあ、この子にしてみればずっと一緒にいた訳だし。あたしはそんなくーちゃんに笑いかける。

「多分すぐ帰ってくるよ」

あたしの言葉に、べちゃーとしていたくーちゃんが「本当？」とこちらを窺ってくるのに、あたしは頷いた。

「あのね、くーちゃんに味噌づくりを手伝ってほしいんだけど、いいかな？」

「みそぉー？」

くーちゃんは少し考える素振りを見せる。もしくーちゃんが今日は嫌だって言うなら、今炊いている豆は、全部煮豆にするしかないんだけど。でも無理強いするのは可哀想だしなあ。そう思っていたら、溶けていたくーちゃんがようやく起き上がって、こっくりと頷いた。

「いいよぉー」

「ありがとう！」

あたしはちりとりにくーちゃんを載せて、勝手場へと戻ることにした。

勝手場で炊いていた豆は、ちょうどふっくらと炊き上がってきたところだった。豆は強火で煮続けると形が崩れてしまったり、皮がめくれ上がってしまったりして、いい味噌はつくれない。花火が絶妙に加減してくれていたし、皮が破れることもなくいい炊き上がりだ。

炊き上がって湯切りを済ませた大豆を、大きな布巾の上に広げてまとめ、ぎゅっと潰していく。機械があればそれを使ってやればいいんだけれど、もちろん神域にそんなものはない。

潰した大豆をたらいに流し込んで、連れてきたくーちゃんに声をかける。

「くーちゃん、これを発酵させたいんだけれど」

「いいよぉー」

そう言いながら、くーちゃんはちょんと自分自身を千切った。それを大豆の中にぽいっと入れる。それを見たらあたしは慌てて塩を入れて、混ぜはじめる。くーちゃんはあたしが必死で大豆と塩とくーちゃんの欠片を混ぜ合わせている間に、千切った部分をぽよんと元の姿に戻して見守っていた。

くーちゃんの発酵の力は強く、本来は大豆に麴と塩を混ぜ合わせて半年以上は待たないと味噌にはならないんだけれど、この子の力を借りたら、今日の内に新しく使える味噌が出来上がる。

しばらく必死で混ぜ続けていたら、だんだんとすり潰した大豆の感触が、違うものへと変わっていくのがわかる。どんどん固くなっていくのだ。

あたしはそれらをかき集めて、泥団子をつくる要領で握って、樽の中にぎゅっぎゅと敷き詰めていく。すっかりと大豆の淡い色はなりを潜め、味噌特有の濃い橙色になって、独特の匂いを放っていた。

それを確認して、あたしはほっと息をつく。味噌の完成だ。これでしばらく味噌は足りる。

「ありがとうね、くーちゃん。寝てたのを起こして手伝ってもらって」

「いいよー、べつに」

くーちゃんは、やっぱり元気なさそうだ。

「……やっぱり、くーちゃん寂しい？」

「うー……」

くーちゃんはまたもへにゃり、とうな垂れてしまった。あたしもくーちゃんの様子に困り果てて、しゃがみ込む。

　仕方がなく、あたしは出来上がったばかりの味噌をちょんと匙ですくって、差し出してみる。

「ほら、くーちゃんのおかげで味噌できたよ？　味見、してみたら？」

「うー……」

　くーちゃんは味噌をちろんと舐めて、渋い顔をしてしまった。

「しょっぱーい」

「ああ、ごめんね。でもまたつくるから、手伝ってくれる!?」

　あたしが慌てて水を持ってきて、匙で飲ませてあげたら、くーちゃんは「けぽ」とげっぷをしてから、マイペースに声を上げた。

「いいよー」

　その言葉にほっとしていると、今度は逆にくーちゃんに「りんー」と小首を傾げられる。

なに？

「りんはさびしくないのー？　こじかいなくって」

「そうだねえ……」

　御殿に食事を運びに行くとき、冷たい風を一緒に受け止めてくれる人がいないから、いつも以上にすーすーするし、困り果てたときに愚痴を言う相手がいないっていうのはストレスが溜まるけど。あたしにできることは待つことだけだもんねえ。

向こうはどうなんだろう。おじちゃんとまた喧嘩してないかな。仕事に忙殺されて、御先様とした約束を忘れてしまっていないといいけれど。

二年前。兄ちゃんがどんな気分で、現世に帰ったあたしを待っていたのかが、なんとなくわかった気がする。

＊＊＊＊

その日の夕方、氷室に足を運んだら、氷室姐さんが奥で暢気に座っていた。

畑では見なかった鍬神たちがここに集まって、畑からそりで雪を運んできて、せっせと雪を氷室内に分配している。これが終わったら、また外に出て雪かきをはじめるだろう。

あたしはそれらを尻目に、さっきまでの出来事を氷室姐さんに話したら「そうさねえ」と頷いた。

「そもそも神域には、滅多に杜氏は来ないしねえ。それにくーは腐り神さね。他の料理番からは物を腐らせるからって嫌われていたし、この神域に来るまで住む場所を転々としていたからねえ」

「ええ？　くーちゃんがいないとあたし、醬油も味噌もつくれないんですけど……兄ちゃんだってお酒をつくれないし」

「りんもこじかも、腐り神だからって偏見で見なかったからだろ？　付喪神ってもんは難儀なもんさね。誰かに大事にされていた記憶があるのに、追い払われたり追い出されたりを繰り返すんだから。でもくーはこじかには懐いてたからねえ」

その言葉に、あたしは普段はマイペースなくーちゃんがずっと落ち込んでいるのを思い返してしまう。必要としてくれる人が好きっていうのは、なんとなくわかる。必要とされないことがずっと続いていたからこそっていうのも、あの子の今の溶け具合を見ていたら納得だ。

あたしが思わずしんみりしてしまったのを見てか、氷室姐さんが「そんなことよりさ、あんたこれどうにかしてくれないかい？」と言って、一カ所指を差した。あたしは氷室姐さんが指し示した所を見て、思わず目を点にする。

桶に氷が張っている。これなに？　恐々と覗いてみると、氷の奥には白くて四角いものが見える……って、これは。

「これ、あたしがこの間つくった豆腐……！」

「あんたから預かっていた豆腐だけど、あたしの近くに置き過ぎたんじゃないかい？　なんか凍っちまってるけど」

氷室姐さんがちらっと鍬神たちを見下ろすと、鍬神たちが申し訳なさそうに縮こまっているのが目に入った。どうも、雪を分配するときに桶の場所を移動させたら凍ってしまったみたい。あたしは縮こまっている鍬神たちに「別にいいよ！」と声をかけてから、氷の張った桶を持つ。凍っているせいか、あたしが持ってきたときよりも重い気がする。

あたしは「あっちゃあ……」と思いながら、凍った豆腐を受け取った。今晩は豆腐の味噌汁をつくろうと思っていたけれど、これじゃ献立を変えないと無理そう。

「どうするんだい？」

「んー……なんか使えないか考えてみます」

あたしはそう言いながら、前に捌いて塩漬けにしていた鮭と一緒に勝手場まで持って帰ることにした。

凍った桶の中身を花火に見せたら、当然ながら変な顔をされてしまった。

「これなんだい？」

「豆腐が凍っちゃったの。とりあえず解凍させないことにはどうすることもできないから、この氷を溶かして」

「おう……」

かまどの前に桶を置いて氷を溶かしてもらい、溶けたら豆腐を取り出す。どうにもこの感触は豆腐よりもぼそぼそしていて、高野豆腐に近いような気がする。

高野豆腐、高野豆腐ねえ……そういえば高野豆腐って凍らせてつくるんだよなあ、たしか。まさか偶然とはいえ高野豆腐が手に入ってしまうなんて……。

畑の肉って呼ばれているのが大豆だし、その大豆でできた高野豆腐も、調理方法によっては肉っぽい食感になるよとは知っていたけれど、試したことがなかった。

「これ、たべれるのかい？　ぼそぼそしてるんだぞ？」

花火があたしが取り出した高野豆腐を怪訝な顔をして見ているのに、あたしも頷く。

「うーん、食べれるけど、豆腐とちょっと使い方が違うかな」

高野豆腐はそのつくり方から凍り豆腐とも言う。これをどう料理するべきかと、私はうんうんと唸る。高野豆腐といえば定番は煮物なんだけど、今日のメインは既に決まってしまっている。だとしたら……。

あたしは思いつきで片手鍋に入れると、溶けたばかりの高野豆腐を木べらで潰しながら炒りはじめた。木べら越しに伝わる感触が、やっぱり豆腐とは違う。あんまり炒めるとぼそぼそした触感になるだけだから、そこに出汁を入れて、醤油とみりん、酒を加えて水分を飛ばしてみることにした。

肉のミンチだったら、これでそぼろになるんだけど。あたしは軽く水分が飛んだそれを、恐る恐る木べらですくって食べてみた。

「あ、脂がないけれど、これは結構そぼろっぽい」

ちょうど食感はたんぱく質の多い鶏肉のそぼろに近い。

「そぼろ？　ごはんにかけるやつかい？」

花火が興味ありげにこちらを見上げてくるから、木べらですくったそれを分けてあげる。花火は嬉し気に火花をパチパチと散らす。

「んまーい」

「そっ、よかったあ」

肉がないからつくれないなあと思っていたけれど、まさかそぼろの代用品ができるなんて。これで一品つくれそうだなあ。そこから、夕飼の準備をはじめることにする。

貯蔵庫から夏につくっていた梅干しの壺を探していたら、「おお？」と声がするのに、あたしは顔を上げる。現世の様子を見に行っていた烏丸さんだ。

「烏丸さん、お疲れ様でーす。今晩は偶然とはいえ肉の代用品ができたんです」

「そうかそうか。しかしなあ、お前さん」

烏丸さんはちらっとかまどのほうを見て、苦笑していた。あたしのつくった高野豆腐のそぼろをひと目見てから、もう一度こちらのほうに顔を向けた。

「こじかがいなくなって、てっきり寂しがっていると思っていたんだが、相変わらずだなあ」

「いやあ……あたしもそう思ってたんですけどねえ」

いて当たり前の兄ちゃんがいないと、もっと切ない気分になるとか思っていた。でも、それは兄ちゃんに対して失礼だよなあと思ってしまったんだ。

あたしはなんだかんだ言って、現世に帰らせてもらったこともあるし、用事でどこかに行くたびに現世の人たちと交流したりしている。でも、兄ちゃんは？

兄ちゃんは神域に来てからこっち、一度も里帰りさせてもらっていない。あたしは兄ちゃんがいなかったら、もっと不安に駆られていたこともあっただろうけれど、兄ちゃんはここで現世に帰る料理番を何人も見送ってきたのに、ひとりでずっとお酒を造り続けて、自分の仕事を全うしてきたんだ。

どんなときでも、自分の仕事を全うする。それって一見簡単そうに見えてとても難しいことだと思うんだ。いつもの調子でいようと思っても、どこかで調子が狂ってしまうことだってある。そこで気付いてしまったんだ。あたしが気付かなかっただけで、ずっと兄ちゃんに助けられてきたんだって。

烏丸さんが見ている中で、あたしはちらっと窓の外を見る。今日は雪がなく、久しぶりに畑の土の黒さが見えている。

「寂しいには違いないですけど、それはあたしが仕事をしない理由にはなりませんから」

「そうか、お前さんのことだから、そう言うとは思っていたがなあ」

「言っておきますけど、これでもあたしだって寂しいんですからね。ただ、兄ちゃんの久しぶりの里帰りを、こっちが寂しいから早く帰ってきてーって言うのは、なんか違うと思ってるだけです」

兄ちゃんは兄ちゃんで、今頃は仕込みの真っ只中なはず。おまけに人手が足りない酒蔵での作業なんだから、こっちのこと考える暇もないくらいに忙しいだろう。寂しいから早く帰ってきてとせかすのは、いくらなんでも失礼過ぎないか。

あたしは烏丸さんに聞いてみる。

「そういえば、兄ちゃんは現世でどうなんですか？」

「ずっと酒蔵に籠もっているよ。やっていることは神域と変わらないみたいだなあ」

「やっぱりぃー」

あっちはあっちで頑張っているんだから、こっちはこっちで頑張るしかないだろう。

休憩は終わり。あたしはがさがさと貯蔵庫から梅干しを取り出し、作業台の上に置く。

最後に烏丸さんに言う。

「あっちも頑張っている以上、あたしもやることやるだけですよ」

「そうか」

烏丸さんが困ったように目を細めて去っていくのを、あたしは首を傾げて見送る。

もしかして、烏丸さんはあたしが調子を崩してると思って心配して来てくれたんだろうか。だとしたら期待に添えずに申し訳ない。いや、期待ではないのかこの場合は。

お米は釜に入れて、かまどに仕掛けておいた。

今日の夕餉に使う野菜はかぼちゃにくわい、にんじん、大根。

にんじんは皮を剝いて乱切りにし、大根も同じく皮を剝いて、半分は乱切りに、半分は拍子木切りにしておく。かぼちゃはひと口大に切っておく。くわいは皮を剝いておく。くわいはアクが出るから米の研ぎ汁とかで煮てから調理するんだけれど、今回は揚げてから使うからアク抜きはしない。くわいは一旦油で揚げて、取り出しておく。

氷室から取ってきた魚は鮭。それをひと口大に切っておき、油で揚げて取り出しておく。

別の鍋に出汁と醬油、酒を混ぜた調味液を火にかけておき、揚げた鮭とくわいを煮て、味を染み込ませる。

続いてかぼちゃ。出汁でしばらく煮て、火が通ったのを確認する。つくった高野豆腐のそぼろを小鍋に入れると、そこに出汁に片栗粉を溶いたものを加えて、あんにする。出汁で煮たかぼちゃに、そのあんをかける。

大きな鍋に、にんじんと大根を加え、出汁と一緒に煮る。にんじんと大根に火が通ってきたところで、そぼろにしなかった高野豆腐を崩しながら加え、味噌と醬油で味を付ける。

最後に梅干しを取り出すと、それを半分に切って種を抉り出し、包丁で形が無くなるまで潰しておく。それに醬油とみりんを加えたら拍子木切りの大根に和え、鰹節を混ぜ込む。

ご飯、鮭とくわいの揚げ煮、かぼちゃのそぼろあんかけ、大根とおかかの梅和え、高野豆腐と根菜の味噌汁。

もともとはあんかけは干しきのこを戻してつくろうと思っていたから、高野豆腐でもあんかけがつくれるようになったのは、ちょっとだけマンネリから脱却できたかな。

あたしは料理を膳に載せてから「おいしょ」とそれを運ぶ。

廊下には変わらず、冷たい風が吹くと、そのたびに冷気が滑り込んできて「ひいっ」と肩を竦めてしまう。普段は兄ちゃんが庭側を歩いてくれるから、それほど風を感じなかったけど、今はそれもない。あたしはガクガク震えながら、広間へと急いだ。

「御先様、夕餉をお持ちしました」

広間の襖に声をかけると、御先様が「入れ」と声を返してくる。

一歩足を踏み込めば、広間の暖かさが伝わってほっとする。火鉢の中の赤々とした火に、寒さで凝り固まった体も自然と緩む。あたしがいつものように膳を御先様の前に置き、料理の説明をする。

その間、御先様がこちらのほうをじっと見てくることに気付いた。あたしは「あれ？」と思いながら目を瞬かせる。

「あのう……あたしの料理の説明に不備がありましたか？」

「こじかがおらぬが」

「あ、はい。兄ちゃんは現世のほうに戻っていますから」

「変わりはないか？」

「ええっと……？」

会話になってないぞ……。それとも御先様、また婉曲的になにか言おうとしてるのか。あたしはしばらく考える。御先様は相変わらず、表情が乏しい。でもじっとこちらを目を逸らすことなく見ているから、なにやら思うことはあるんだろうと考えて、気付く。

「あっ、すみません。ここ数日お酒を召し上がっていませんよね。そこまで気が回りませんでした。ちょっと酒蔵まで行ってくーちゃんに聞いてきます」

そう言って腰を浮かしかけたところで、「いや、よい」と御先様に遮られた。

「ええっと……今日はお酒飲みたい気分じゃありませんでしたか？」

「いや、問題がないならそれでよい」

「問題って……あたしに、ですか？」

あたしの問いかけに御先様は押し黙る。え、これはあたしが悪いのか？　……もしかして。あたしと兄ちゃんが離れて数日経ってるから、心配してくれてるのか。

御先様はいろいろ考えているけれど、言葉が圧倒的に足りない。こちらから察しないとわからない。本当に不器用な人だなあと思う。

あたしは御先様の前で背筋を伸ばす。

「大丈夫ですよ。あたしは。兄ちゃんも多分現世でちゃんとやっているでしょうし。ですから心配しないでください」

御先様はまじまじとあたしを見たあと、ぽつんと言った。

「そうか」

そう言って御先様が箸を手に取った。あたしも黙って御先様が食事を摂っているのを見届けていた。

神域の皆が、あたしに対して変な気を遣っているような気がする。それは今までの女料理番がここでの寂しさに負けて長く続けられなかったせいなのか、心の寄り所がなくなったらあたしまで帰りたいと言い出すと思っているのかが、よくわからない。

信頼って別に相手のことばかり考えることじゃなくって、普段どおりに過ごすことだと思うんだけど。兄ちゃんがベストを尽くしている以上、あたしもそれに負けないようにしているだけ。

そうもぞもぞ考えていたら、御先様がご飯をひと粒残さず平らげてから、箸を置いた。

「そぼろか……」

「ああ、お肉ではなくて、高野豆腐です。お口に合いませんでしたか？」

「悪くはなかった」

うーん……。手放しに褒めるほどではないけど、この調子ならまた出しても大丈夫そうだなとあたしが安心していたら、御先様がまたあたしの顔をじっと見てきた。

「思い悩むことがあるのか？」

そう尋ねられると、どう答えたらいいのか。というか、さっきの話、まだ続いてたのか。

あたしは「うーんと」とカリカリと頬を引っかいた。

「本当に、心配するようなことなんて、なにもないと思うんですよ。ただいつもどおりに過ごしたいだけです」

あたしがそう伝えると、御先様はしばらく黙ってから、息を吐いた。

「……そうか」

何故かしみじみとした口調で言われてしまい、あたしはますますわからなくなった。心配されていると思ったら、次は感心されてしまった。だからどこで、なんで。

御先様はそれ以上説明してくれるはずもないので、あたしは仕方がないから軽くなった膳を持って帰るしかなかった。

間章

窓を叩く風が鳴いている。それでも、冬のはじめの木枯らしよりも、その鳴き声は徐々に小さくなってきている。

やがては春一番に変わるのだろう。

風のぴょうぴょうと鳴く音を聞いていたところで「御先様、失礼します」と声がかけられた。烏丸だ。

「入れ」

「はい……りんが心配してましたよ。御先様が何日も酒を飲んでないと」

「……飲まぬときもあるであろう」

「じゃあ俺が持ってきたのは飲みませんか？」

そう言いながら、烏丸は銚子を揺らした。たぷんと水音がする。大方あの子にいつものように騒がれたのだろう。

「もらおう」

「そうですか」

烏丸は頷くと、我の前に座り、銚子をお猪口に傾けて差し出してきた。酒からは湯気が出ている。恐らくはあの子が温めたのであろう。烏丸は器用ではあるが、こと料理に関しては何故か腕が鈍い。我はお猪口に口を付ける。

「それにしても、今回はずいぶんと早かったですね」

「なにがだ」

「こじかですよ。あれの酒をずいぶんと気に入ってらっしゃったじゃないですか。あれの帰還をあっさりと許すなんて。久々の現世への帰還ですよ。そのまま戻ってこないとは、考えなかったんですか」

「……約束を破ればこじかは死ぬ。反故にはできぬよ、それだけだ」

あれに自覚があるのかは知らぬが、酒をつくる腕は高い。不調になったのも、自分の腕がわからなくなったせいであろう。

あの子が出雲で他の料理番に会ったように、他の杜氏と会う機会でもあればよいのであろうが、何分神域には杜氏は少ない。己の力がわからなくなれば、不調をこじらせるということもあるのであろう。己の力に悩んで神頼みに来た者を、社からそれなりに見てきたものだ。

酒を呷る。甘い匂いが鼻を通っていく。その匂いを嗅いでいるところに、烏丸が口を挟んできた。

「死なないと思ったから、止めなかったんでしょう？　約束を破らないから」

「……結論が出ているのなら、わざわざ我に聞くな」

「いえいえ。少し安心しただけですよ」

烏丸はそう言いながら、自分の分の酒を呷る。……既に飲んでいたのかとも思ったが、酒の匂いはしなかった。

そのままぺらぺらと烏丸はしゃべる。

「人間を嫌いにならないでくれて、本当によかったです」

「……我は、一度も嫌いになった覚えはない」

これは本当だ。勝手にすがってきて、勝手にいなくなって、勝手に恐れて、勝手に好いてくる。迷惑だとは思ったことはあれども、疎んだことも嫌ったことも、一度もない。

我の言葉に、烏丸は満足そうに目を細めて、酒を再び呷った。

「それでいいんですよ。……こじかも、実家が落ち着いてきたみたいですし、悩みも他の杜氏と話をして解消したみたいですよ。そろそろこちらに帰りたいみたいですけれど、どうしますか？」

「……約束を守る気がある者を、こちらが反故してどうする。迎えに行ってやれ」

「わかりましたよ。それではその方向で」

烏丸はひどく上機嫌なまま、銚子を次々に傾けていくものだから、あっという間に銚子の中は空っぽになった。

「で、ついでと言っちゃなんですが、りんに対してもうちょっと言いたいことを言ってもよろしいのでは？　りんが御先様に心配されていると困惑していましたが……庵の件を思い出しましたか？」

「そんな娘もいたな」

「また冷たいことを言って」

いなくなった娘のことを後生大事に思っているのはそちらであろうに。

あの子はできぬことを人に頼ることはあっても、自分でできることには存外頼らない。

旧知の仲の者がいなくなっても、それは変わらない。

頼る者がおらず泣いてこの場を離れた娘と、今も壮健に過ごすあの子と。比べる必要はないというのに、あの子はたびたびこちらを揺らすようなことをしでかす。

その捉えどころのなさは、風と同じだ。

「変わらぬのなら、それでよい」

「でも御先様。人間というのは、変わる生き物ですよ」

「知っておる」

何度もそれは見てきたのだから。

あの子もとっくの昔に子供ではなくなっている。ただ我が、勝手に子供として扱っているだけの話だ。

終章

今日はいつもよりも、風が強い。

「うう……寒い寒い寒い……っっ！」

あたしはブルブル震えながら、勝手場に急ぐ。日課どおり海神様に保存食と交換で魚をもらいに行き、それを氷室に預けに行った帰りだ。

最近、日が出ているうちはここまで風が強くなかったのに、どうしたんだろう。あたしが肩を抱きしめながら歩いていると、鍬神たちが畑の一角に集まっていることに気が付いた。

「あれ、なにやってるの？」

近付いてみると、冷たくなっている土に、鍬神たちが小さな鍬を持ってきてなにかを掘り起こしていた。あたしは上からひょっこりと覗いてみて、気が付いた。

薄緑の葉っぱがぴょこんと地面から顔を出している。これは見たことがある。

「ふきのとうだぁ……」

もう春なんだねえ。

だとしたら、風が吹き荒れているのも説明が付く。この強い風は、春一番なんじゃないかな。もっとも、まだ春の花は咲かないし、桜が咲くのもまだ先だけど。でも少しずつここも春へと切り替わっていっているんだ。

あたしが見下ろしていたら、他の鍬神たちと作業をしていたころんがこちらにぱっと顔を上げてくる。そして採ったばかりのふきのとうを差し出してくれた。あたしはきょとんところんを見つめる。

「え、いいの？」

「どうぞ」

「うーん……ありがとう」

ふきのとうなんてどうやって食べればいいんだろう。ふきのとうってアクがすごいって言うよね。山菜は天ぷらにすればおいしいとは言うけれど、扱い慣れてなかったらすぐにアクが回ってしまって苦いはずだ。

あたしは採れたてのふきのとうをふんふんと鼻で嗅ぐ。いい匂いだ。これがアクが回って苦くて食べられないだったらもったいないから、どうにかできないかな。

アクが強いものは、米の研ぎ汁で煮るとアクが抜けるけれど、それをふきのとうでやるとお浸し以外では食べられないと思うし、せっかくの香りも弱まってしまう。どうしようかな。そう考えていて、ふと思いついた。

あたしがふきのとうを持って勝手場に入ったら、花火がぴょんこぴょんことかまどの中で飛んでいた。

「え、なあに？　どうかした？」

「りんーりんー、こじかかえってきたぞー」

「えっ……！」

あたしは思わず手に持っていたふきのとうを落としそうになる。あたしは慌ててふきのとうを調理台に置くと、そのままどたどたと走っていった。

今まで火がついていなかった酒蔵からは、久しぶりに湯気が立ち上っている。深呼吸してみると、甘い発酵臭。あたしはそろそろと酒蔵のほうに向かう。

中に入って大丈夫なのかな。そろっと戸を引いて中を窺ってみると、兄ちゃんはいつもの藍色の甚平を着て、酒樽の上に乗って、ぐるぐると棒をかき混ぜて酒をつくっていた。くーちゃんは酒樽のほうによじよじと登って、上からまじまじと兄ちゃんの仕込んでいるお酒を見ている。

くーちゃんは発酵の力が強い。現世ではお酒をつくるのに最低でも四ヶ月はかかるところなのに、その日のうちに発酵を完了させる。杜氏である兄ちゃんとくーちゃんで発酵のタイミングを図っているんだ。

あたしはしばらくそのふたりの姿を見てから黙って戸を閉め、勝手場に戻ることにした。

勝手場に着くと、花火は不思議そうにこちらを見てくる。

「りんー、こじかにあいさつしてきたのか？」

「うーん、今は邪魔になるからいいや。代わりにお酒に合いそうなものをつくろうかなあと思う。季節感のあるものがいいかなあ」

「さけにあって、きせつかん……？」

「うん、春一番にいいものもらってきたから。あ、花火ー、この小鍋温めといて」

「おう？」

あたしは小鍋をかまどに乗せて油を入れると、ふきのとうを細かく刻んでいった。

ふきのとうは香りを楽しむものだけれど、アクがすぐに回る。手早く切っていっても、先に切った部分がすぐに黒くなってしまう。この黒い場所から苦みが出るから、切った端からすぐに花火に温めてもらった小鍋に入れて、火を通す。

油が回ったふきのとうに、すぐに味噌とみりん、酒を加え、水分を飛ばす。ふきのとう味噌の完成だ。

あたしは出来立てを少しだけ木べらで取って舐めてみる。すっとした匂いは、他の香味野菜とはまた違ったもの。苦みもすぐに火を通したせいか、味噌とみりんで混ぜたせいか抑えられ、むしろ独特の苦みが旨味へと変わっている。

うん、これなら大丈夫そうだ。

気をよくして、あたしはできたばかりのふきのとう味噌を器に入れて、氷室姐さんのところに向かった。氷室姐さんはあたしの持ってきたものを見て、きょとんとする。

「あらまあ、夕餉の準備の魚。さっき置きに来たばかりじゃないかい？」

「氷室姐さん、兄ちゃん戻ってきたんですよ」

「知ってるよ。男前になって帰ってきたじゃないか」

真剣にお酒と向き合っているみたいだけれど、男前になってたか。あたしはさっき見た兄ちゃんの姿を思い浮かべながら、氷室姐さんにふきのとう味噌を差し出してみる。それを見て氷室姐さんは一瞬目を見開く。

「今日のお酒の肴にと思って持ってきました。ちょうど今日はふきのとうが採れたんです。それでつくったふきのとう味噌！　兄ちゃんが今つくっているお酒、氷室姐さんにも飲んで欲しくって」

「あらあら」

氷室姐さんはそれに目を細めて、器を受け取ってくれた。

「ありがたく受け取っておくよ。できた酒もねえ」

そうころころと笑っているのにほっとしてから、あたしは魚をもらって氷室をあとにした。今日の魚はひらめだ。

勝手場に戻ると、お米を洗ってかまどに仕掛け、その間に野菜を準備しはじめる。

持ってきたのは菜の花、れんこん、にんじん、大根。菜の花は根を切り落としてからぶつ切りに、れんこんとにんじんは皮を剝いて輪切りに。大根は皮だけ剝いておく。

水を張って昆布を浸けておいた鍋を、火にかけて出汁を取る。出汁を少し取り分けてから、そこに醬油で味を付け、菜の花を加える。

別の鍋に、醬油とみりん、さっき取り分けておいた出汁を入れて温める。そこに静かにひらめを入れると落とし蓋を載せて煮る。

ひらめを煮ている間に隣のかまどに鍋を置く。油を入れて花火に「火を見ててね」とお願いしてから、あたしは器に小麦粉と水を入れて混ぜはじめた。

それに切っておいたれんこんとにんじんを絡めてから、油の具合を菜箸で確認する。泡が細か過ぎたら温度が低過ぎるし、逆に泡に勢いがあり過ぎたら高過ぎる。その間を見極めるのが難しいんだけれど、どうやら大丈夫みたい。

あたしはそう判断して、油が跳ねないように静かに衣を付けた野菜を入れる。油がパチパチと鳴り、衣がきつね色になったところで、それを取り出して油を切る。

大根をすり下ろして、ポン酢醤油と添える。できた天ぷらはポン酢醤油と大根おろしでいただくのだ。

さて。ご飯のほうはどうだろう。見てみたらちょうどいい具合に炊けている。ご飯をしゃもじで混ぜたら、それを「あっちあっち」と言いながら握りはじめる。それを見て花火は不思議そうに見上げる。

「これはみさきさまへのごはんじゃなかったのかい？」

「そのつもりだよー」

「おにぎりをだすのかい？」

「そうだよ。おにぎりのほうが、味噌を食べやすいかなあと思ったの。せっかくふきのとう味噌をつくったけれど、それを食べてもらう方法が思いつかなくって」

お酒をメインにするんだったら、小さな器にちょこんと入れるだけでいいのかもしれないけど、夕餉だからなあ。でも御先様にふきのとう味噌を出さないのも寂しいから。それで思いついたのが、味噌おにぎりだったんだ。

あたしは三角に握ったおにぎりの上に、ちょんとふきのとう味噌を載せた。

ふきのとう味噌のおにぎり、ひらめの煮物、根菜の天ぷら、菜の花のすまし汁。

出来上がったそれを膳に載せて運んでいったところで、ぷんと甘い匂いが漂ってきた。

兄ちゃんが前と変わらない調子で廊下を歩いてきたのだ。

「兄ちゃん久しぶりー」

「おう、りん。お前さっき蔵に来てたか？　挨拶くらいしてきゃいいのに」

そう言って兄ちゃんは酒の入った銚子をとぷんと揺らした。本当にいつもどおりだな。

あたしはふんと鼻を鳴らす。

「集中してる人に声をかけるほど、あたしも空気が読めない訳ではありません」

「そうかあ？　まあ俺もくーに言われるまで気付かなかったけどなあ」

くーちゃんも相変わらずのマイペースみたいで、あたしは拍子抜けする。

「現世どうだったの？　やっぱり心配されてたでしょ？」

「お袋には泣かれたし、親父にはぶん殴られたけどなあ。それとなあ……豊岡神社はちょっと綺麗になってた。前みたいに放置されてるんじゃなくって、誰かが定期的に面倒見てるっぽい」

おじちゃんとおばちゃんの反応にはそりゃそうだろうと納得する。兄ちゃんが行方不明になったときは、当然警察沙汰になった。でも事件性が見当たらないから、神隠しだって商店街は大騒ぎだったんだから。

　廊下を歩きながら「で」と話を振ってみる。

「おじちゃんとこに戻ってなんか摑めたの？」

「んー……当たり前だけど。俺もスランプどころじゃなかったもんなあ」

　そりゃそうか。冬のうちに今年の分のお酒が完成しなかったら、その年一年の収入がない。

　あれ？　人数がかつかつの中で作業に没頭してたら、悠長に話なんかできるもんでもないか。

　あれ？　それじゃスランプってどうにもならないんじゃ。そう思って兄ちゃんを見たけれど、悔しさを滲ませていた姿は微塵も見当たらず、兄ちゃんは兄ちゃんのままだった。

「手を動かしてたら、当たり前なことに気付いたんだよなあ。俺は酒を造ってないって」

「ん？　毎日造ってたんじゃないの？」

「俺が造ってるっていうよりも、くーとか、酒母、酵母が造ってるんであって、俺は手伝いをしているに過ぎないんだ。もし美味い酒があるんだったら、それは対話がうまくいっているだけだって思ったんだよ。くーがいるから酒が美味くなるとか、場所が変わったら酒がまずくなるとか、そんなことは全然ない」

　そう言われて、あたしも少しだけ納得する。

　料理だって、うまい人になればなるほど、食材と対話してつくる。そこまで行くにはあたしだとまだまだ経験が足りないけれど。

兄ちゃんは美味いお酒を造ろうとして考え込み過ぎてスランプになったんだ。でも、見なきゃいけないのはまだできてないお酒じゃない。今目の前にある酒母や酵母のほうを見ないと駄目って気付いたんだ。

目の前のものと対話しながら手を動かすって、理屈はわかっていても忘れてしまうことだもんね。

「お酒、御先様が褒めてくれそう?」

「さあな。あ、ふきのとう味噌か」

あたしがつくったふきのとう味噌のおにぎりを見て、兄ちゃんが目を輝かせる。この人、ふきのとう味噌を舐めながらお酒を飲む気じゃないのか。あたしはそう思って笑う。

広間の襖の前で、ひと言。

「御先様、夕餉をお持ちしました」

しばらく間を空けたあとに、いつもと同じように声が返ってくる。

「入れ」

「失礼します」

あたしが兄ちゃんと一緒に広間に入ると、御先様は脇息にもたれかけながらこちらを交互に見てくる。あたしが膳を御先様の前に運ぶと、兄ちゃんはすぐにお酒を持ってきた。

御先様は兄ちゃんにぽつりと声をかける。

「戻ったか」

「お久しぶりです。今回は戻ることを許してくださって、ありがとうございます」

「そうか」

それだけで話は終わったけれど、兄ちゃんがとぽとぽと銚子でお猪口にお酒を注いだら、そのお酒をまじまじと見てから、ぐっと呷った。

「……よい酒だ。濁りがない」

御先様は表情を久々に緩めて、ぽつりと言う。その言葉に兄ちゃんは手を付いて頭を下げた。今日はきっと対話がうまくいったんだろう。スランプを脱却したから。

安心しきっていると、御先様が声をかけてくる。

「して、今日の夕餉は？　説明せよ」

「は、はい……！　今回は、ふきのとうが手に入りましたから、ふきのとう味噌にしました。おにぎりを崩しながら味噌と一緒にどうぞ！　ひらめは煮物にしました。根菜は天ぷらにしましたので添えてある大根おろしとポン酢醤油でお召し上がりください。汁物は今の季節限定の菜の花を使ったすまし汁にしました」

相変わらずのたどたどしい説明を聞き終えてから、御先様が最初に箸を付けたのはふきのとう味噌のおにぎりだった。おにぎりを割って、味噌の部分を上にして口に含む。

そして、ほっと息を吐いた。

「そうか。もうこんな季節か……春が来る」

独り言のようなその言葉に、あたしは背筋を伸ばした。

同じ季節は二度とない。同じ春でも、訪れるのは知らない季節だ。

それは料理も同じ。同じ料理をつくっても、過程や想いが違えばそれはもう違う料理だ。

思い出だけではつまらない。でも新しいだけでも面白くない。

次の新しい季節を彩る料理をつくれるなら、それはきっと楽しいことだ。


〈了〉

あとがき

近所に有名な神社があります。

有名といっても、年に一度の行事が全国ネットで映される程度で、その行事もネットが普及しなければ地元民くらいしか知らなかったはずのものです。

そこに毎年初詣に行っていますが、何故か毎年引くおみくじが、半吉です。

吉じゃありません。凶でもありません。半吉です。それ以外引かないものですから「本当に半吉以外のおみくじってあるの？」と思ったものですが、一緒に参拝に出かけた身内が毎年違うものを引いている以上は、他のおみくじもあるのでしょう。

ここの神社のおみくじは、毎年びっくりするくらいに辛口です。

意訳「待ち人以外は来ないから」と書かれたときは、数年来の知人と揉めた末に喧嘩別れしました。してもいない話をしたかのように周りに触れ回られたときは、本当にどうしようかと思いました。

意訳「調子に乗らないように」と書かれたときは、五年ぶりに風邪を引いて寝込みました。ちょうど書籍化作業をしなければいけなかったのにしばらく音信不通になり、当時の担当さんをものすごく困らせました（申し訳ありませんでした）。

今年は意訳「可もなく不可もなく」と書かれていたのですが、今年一年、ちょっと大変でした。いいことも悪いことも多過ぎたので、本当に可もなく不可もなく終えられたらいいのですが。

今回は『神様のごちそう』初の冬の話でしたが、お楽しみいただけましたでしょうか。全編冬の話にしようと、歳時記を調べながらあれこれ書いてみたのですが、今までが木彫りの作業ならば、今回は目隠ししながらの書道だったために、これどんな方向性の話になるんだろうと書き終わるまでちっともわかりませんでした。本当になんとか形になってくれてほっとしております。

今回いつにも増して迷惑かけ通しだった編集の庄司さん、濱中さん、新しく迷惑をかけることとなってしまったマイナビ出版の山田さん。多忙な中本当に素敵な表紙を描いてくださった転さん。またいつも感想をくださる読者の皆さん、SNSで感想を流してくださる皆さん。本当にありがとうございます。そしてこの本に関わってくれた全ての皆さんに感謝しております。


それでは、またどこかでお会いできましたら幸いです。

幸せの定義や方向性は、人によって違うものだと思います。この話に出てくる人々もまた、それぞれ幸せの定義も方向性もバラバラなのが、たまたま一緒にいるだけです。互いの幸せを共有できるのが一番なのですが、これが一番難しいこと。このままでは難しいなら、和合できる落としどころを探すのが妥当でしょう。

石田　空

この物語はフィクションです。
実在の人物、団体等とは一切関係ありません。
本書は書き下ろし作品です。

■参考文献

「日本料理　基礎から学ぶ器と盛り付け」畑 耕一郎（柴田書店）
「新版　食材図典　生鮮食料篇」（小学館）
「神社の解剖図鑑」米澤貴紀（エクスナレッジ）
「保存びんに、季節とおいしさ詰め込んで。」ダンノ マリコ（主婦の友社）
「ことりっぷ　伊勢志摩」（昭文社）
「マニマニ　伊勢 志摩」（ＪＴＢパブリッシング）
「超カンタン！　漢方・薬膳」（椎出版社）
「あなたの人生を変える 日本のお作法」岩下宣子（自由国民社）
「きょうの料理」２００５年１２月号（ＮＨＫ出版）

石田 空先生へのファンレターの宛先

〒101-0003　東京都千代田区一ツ橋2-6-3　一ツ橋ビル2F
マイナビ出版　ファン文庫編集部
「石田 空先生」係

ファン文庫

神様のごちそう―新年の祝い膳―

2018年11月20日　初版第１刷発行
2018年12月31日　初版第２刷発行

著　者　　石田 空
発行者　　滝口直樹
編　集　　庄司美穂　濱中香織（株式会社イマーゴ）
発行所　　株式会社マイナビ出版
〒101-0003　東京都千代田区一ツ橋2丁目6番3号　一ツ橋ビル2F
TEL　0480-38-6872（注文専用ダイヤル）
TEL　03-3556-2731（販売部）
TEL　03-3556-2735（編集部）
URL　http://book.mynavi.jp/

イラスト　　転
装　幀　　AFTERGLOW
フォーマット　ベイブリッジ・スタジオ
校　正　　株式会社鷗来堂
DTP　　石井香里
印刷・製本　図書印刷株式会社

 ISBN978-4-8399-6734-5
Printed in Japan

Fan
ファン文庫

神様のごちそう

著者／石田 空
イラスト／転

突然、神様の料理番に任命――!?
お腹も心も満たされる、神様グルメ奇譚。

大衆食堂を営む家の娘・梨花は、神社で神隠しに遭う。
突然のことに混乱する梨花の前に現れたのは、
美しい神様・御先様だった――。たちまち重版の人気作。

ファン文庫

神様のごちそう

―神在月《かみありづき》の宴―

続々重版の人気作品、
待望の続刊が発売!

神隠しに遭い「神様の料理番」となった、りん。
神様の御《み》先様《さきさま》に「美味い」と言わせるべく奮闘中。
今作では出雲で開かれる神様の宴で腕を振るう!

著者／石田 空
イラスト／転